愛で満たして鎖をつけて

きたざわ尋子

幻冬舎ルチル文庫

CONTENTS ✦目次✦

愛で満たして鎖をつけて

愛で満たして鎖をつけて …… 5
あとがき …… 242

✦カバーデザイン＝久保宏夏（omochi design）
✦ブックデザイン＝まるか工房

イラスト・夏珂✦

愛で満たして鎖をつけて

彼に会った瞬間に、いい感情を持たれていないことは実感した。

なにしろ一度も視線をあわせようとはしないし、その顔には嫌悪とも不快感とも言えるようなものが浮かんでいたし、挨拶《あいさつ》といえば自分の名前をぼそりと呟《つぶや》いただけだった。そして差し出した手が握り返されることもなかった。

事前にある程度の説明は受けていたので覚悟していたつもりだったが、こうもあからさまな態度を取られれば思うところはある。

子供でもあるまいし、表面だけでも取り繕うくらいはして欲しいものだ。それすら出来ないほど、嫌悪感が強いのかもしれないが。

握手のために差し出した手は目的を果たせないまま、溜《た》め息とともに引っ込めることになった。

相手は両手を身体《からだ》の横に下ろしたままで、頑《かたく》なに視線をあわせようとしない。

これ以上どうしようもなかった。

穂邑律《ほむらりつ》はちらりと自分の隣に立つ人物——久慈原隆一《くじはらりゅういち》を見て、救いを求める。

「……風間《かざま》先生」

苦笑まじりの声に、風間浩史郎《こうしろう》という名の青年はあからさまに表情を動かした。不快そうな仏頂面が一変し、まるで叱《しか》られるのを覚悟した子供のようなそれになった。

そんな彼の年齢は穂邑と同じく二十七歳で、立派なおとなだ。すました顔をしていれば、むしろ実年齢以上に見えるだろうに、実際の彼は表情の変化によって感情が手に取るようにわかってしまうせいか、どうにもアンバランスに思える。

かなりの長身で、なにかスポーツでもやっていたのか体格もよく、背筋がぴんと伸びている。おまけに顔立ちも端整でキリッとしているから、まるで物語に登場する騎士かなにかのような印象もあるのだが、フレームのないメガネがインテリふうのイメージにまとめ上げていた。

見た目は相当にいいが、中身のほうは残念ながら、かなり至らないところが多そうだ。

(生真面目というより、融通がきかない感じじゃか)

それは他者に対しても自分に対しても同様だろう。自らの感情に折り合いをつけることができず、腹芸もできない。この年になって本音でしか生きられないのだとしたら、愚直だと表現されても文句は言えまい。

これで医者としてうまくやれているのかと、いらぬ心配をしたくなった。ただでさえ穂邑は厭《いと》われているようなので、余計なことを言うつもりはなかったが。

「彼には無理じゃないかと思うんですが……」

全身で「不本意」だと伝えてくる男に、与えられた役目が果たせるとは思えない。いや、可能ではあるだろうが、彼自身にも穂邑にも相当なストレスになりそうだ。

バツが悪そうな風間と、そんな彼を困ったように見つめる久慈原は、まるで穂邑の存在など忘れたように、しばらく二人だけで無言の会話をかわしていた。そんなふうに見えるほど、入り込めないなにかがあった。

久慈原は風間の上司に当たる。いや、医師である風間が勤めている病院の事実上のトップなのだから、雇用主といっても差し支えない人物なのだ。

「申し訳ありません」

やがて口を開いたのは風間で、心底気まずそうな謝罪を口にした。ただし視線を向けた相手は久慈原だった。

「わたしに謝る前に、穂邑くんに謝るべきじゃないかな」

柔らかな口調のなかに厳しい響きが見え隠れしていたものの、久慈原は多くは語らなかった。いい年をした男を、人前であまり窘《たしな》めるのもどうかと思ったのだろう。風間は見るからにプライドが高そうだから、すでに屈辱にまみれている可能性はあったが、それを押しても言ったのは、最低限の言葉は必要と判断したからだ。

どうやら久慈原には従順らしく、苦い顔をしながらも風間はどこか観念したような表情を窺《うかが》わせる。

「……悪かった」

発したのはたったそれだけだったし、目を見て言ったわけでもない。だが細かいことを言うのは気が進まなかったので、謝罪を受けたことにした。

結局のところ挨拶の言葉はなかった。本当に穂邑が——というよりも、穂邑のような者たちが嫌いらしい。

聞きしに勝る頑なさだ。最初から期待などしていなかったとはいえ、ここまで毛嫌いされると気も滅入る。

（案外、表情豊かだな……）

久慈原からは、無表情でいることが多いと聞かされていたのだが、思ったよりは感情が顔に出るという印象だ。あるいはつい顔に出てしまうほど、穂邑に対しての嫌悪感が強いのだろうか。

「何度も言うようだけど、無理なら外れてくれてかまわないんだよ。実際に会ってみてだめなら、諦《あきら》めてもいいんじゃないかな」

「いいえ」

間髪を入れずに否定し、風間は顔を引き締めた。再三、同じようなやりとりがあったことは聞いている。

そんなにいやならば、素直に辞退すればいいのに。強要されているわけではなく、判断は本人にゆだねられているのだから。

青臭い意地だ、と思う。他人のことをとやかく言えた義理ではないが、同じ年の男として穂邑は風間を冷めた目で見てそう思った。

ふう、という久慈原の嘆息を耳にし、穂邑は我に返る。久慈原が少し気遣わしげに見つめていた。

「話を進めてもいいだろうか」

「ええ、お願いします」

「すまないね。昨日の今日でとは思うんだが、君も落ち着いているようだし、今後について提案させてもらうよ」

あくまで提案なので、拒否権はあるようだ。本来は数日たってからと考えていたそうだが、当事者である穂邑に動揺があまりないことから、早めにと思ったらしい。

現在、穂邑は「保護されている」立場だ。彼は特殊な能力を持つがゆえに、十代の頃から国の機関に在籍してきたのだが、つい昨日そこから出てきたのだ。それも円満退職とはいいがたい、かなり強引な方法で。

ほとんど出奔といっていいくらいだ。国の機関——再生治療研究センター側からすれば、逃げ出したとか姿をくらませたと思っていることだろう。とりあえず書面上では、きちんと退職届を出して受理された上、ということになっているようだが。

「センターは君の捜索をしていないそうだよ」

「そうですか」

ある程度は予想していたことだが、あらためて言われると安心した。穂邑の能力はセンターにさほど重要視されていないし、在籍時にセンターで知り得たことは公表しない――つまり取材などは受けないという誓約を立てたので、とりあえずは静観するつもりなのかもしれない。もちろん完全に信用したわけではないだろうから、予断を許さない状態だ。

穂邑は自らの手を見つめた後、ゆっくりと握り込んだ。

「不安はあるだろうし、しばらくのあいだは不自由もするだろうが、辛抱して欲しい。きっと大手を振って、ヒーラーとして患者の前に立てる日が来るからね」

「はい」

口調は静かなのに、熱が込められていた。久慈原は自らの理想を現実のものとするために積極的に動いている人物なのだ。

彼の理想――それは、従来の医療とある特殊な治療法を融合させるというものだった。

特殊な治療とは、文字通り特殊な能力を持つ者たちによって施される、薬も手術も必要としない再生治療のことだ。三十数年前に日本にのみ出現し始め、十年ほどの検証および観察をへて、国が認めるまでになった。ヒーラーと呼ばれ、国に――つまりは再生治療研究センターに抱え込まれているのがそうだ。

だがその希少性から、治療を受けられる者はごくわずか、というのが実情だ。表向きは日本国民ならば誰でも平等に治療機会が与えられる、ということになっているが、実際は多額の治療費を出せる者や、重要人物が優先されているし、ときには外交カードとして使われることもある。日本人の男性にのみ出現するヒーラーは、国外へ行くと個人差はあれどその能力が低下するのが実証されている。だからこそ、国はヒーラーを抱えこみ、保護の名目で隔離できるのだ。

穂邑もまた、国の作った籠《かご》のなかに囲われていた一人だった。十三歳のときから、十四年間も狭い世界でだけ生きてきた。センターのあり方に疑問を持ったことや、自らの身が危うくなったことがきっかけで外へと出てきたわけだが、これから暮らしていくのがやはり狭い箱庭であることは変わらなかった。

だが身の安全のためには仕方ないし、今度は自らの意思でそうするのだから、悲観はしていない。たとえ、自分が完全に信用されていないとわかっていてもだ。

「ただ当分はこちらで人をつけることになる。承知してくれるかい？」

「もちろんです」

穂邑に後ろ暗いことはないが、久慈原たちにしてみれば簡単に信じるわけにはいかないのだろう。穂邑の立場が危うくなったことも含め、センターが今回のことを仕組んだのではないか、と警戒しているのだ。つまり穂邑がスパイという可能性を危惧《きぐ》しているのだった。

逆の立場でもそうしただろう。久慈原はずっと申し訳なさそうにしているが、信じられないのは当然だと穂邑は思っている。

「それから外部との連絡も、相手は限られてしまうんだ」

「連絡する相手なんて、一人だけですよ」

外の世界に親しい者などいない。肉親はおらず、友達はセンターに入ってから音信不通だから、とっくに穂邑のことなど忘れているだろう。ではセンターにならいるのかと問われたら、こちらも否だ。義務的な付き合いばかりではなかったが、環境が変わってまで続けるような関係ではなかった。

唯一の例外にしても、今回のことでもなかったら一生連絡を取り合うことはなかったに違いない。

「仲越《なかごし》くんか」

「ええ」

甘さの漂う顔立ちが、ふっと脳裏に浮かんだ。

穂邑と同じくセンターという籠のなかにいた仲越泉流《いずる》という少年――年齢的にはもう青年といってもいいのだが、容姿やしぐさのせいでどうしても少年といいたくなる――は、数ヵ月前に忽然《こつぜん》と姿を消した。人の出入りが完全に管理されているはずのセンターから、なんの痕跡《こんせき》も残さずだ。

それは関係者に相当の衝撃を与えた。だが当時、センターは世界中から注目されるケースを扱っていて、へたに騒ぎを起こせない状態だったから、捜索も極秘裏に行われるのみだった。そのせいもあって、いまだ脱出ルートさえ見つけられずにいるのだ。

結局のところ、泉流は久慈原のよく知る人物によって、拉致《らち》同然に連れ去られたわけだが、その相手と収まるところに収まったのだから、経緯などもはやどうでもいいのだろう。そして穂邑同様に正式に退職することになったらしい。

とにかくその泉流のみが、穂邑にとっては連絡できる相手だ。かつてはいろいろとあったが、弟のように思っている相手だった。

「泉流はわたしよりも安全なんでしょうか」

何ヵ月ものあいだ、センターの――つまりは政府の目を欺いてきたのだから、それなりの環境なのは確かだが、昨日大きく動いたことで事情は変わってくるかもしれない。町中に張り巡らされたカメラにも充分に配慮した行動を取ったと聞いているし、一緒にいる男は用心深そうだから、杞憂《きゆう》に過ぎないのかもしれないが。

「正直、確実なことは言えない。チャージャーは希少だが、絶対に必要というわけではないからね」

「……ええ」

確かにその通りだが、素直に頷《うなず》けない理由があった。久慈原は深い部分まで知っているのだが、ここには風間もいるので迂闊《うかつ》なことは言えないようだった。チャージャーの特性――もしかすると泉流のみの特性を暴露するわけにはいかないのだ。

ヒーラーが触れるだけで身体の異常を正常化できるのに対し、チャージャーはそのヒーラーの力を回復させる能力がある。これも触れるだけだが、全回復は不可能で、せいぜい回復時間を短縮させる程度のことしかできない。そもそもヒーラーの回復期間には短くても二ヵ月ほど、長い者だと半年もかかる。チャージャーが力を注いだところで劇的にその期間が短くなるわけでもないのは実証されていた。だからこそ、センターが血眼になって探すということもなかったのだ。チャージャーの存在はつい先頃まで伏せられていたが、知っている者たちのあいだでも認識はその程度のはずだった。

いずれにしても、穂邑は泉流の潜伏場所を知らない。聞くべきではないだろうと判断し、尋ねてもいなかった。それは穂邑の立場が、いまのところかなり微妙なものだと承知しているからだ。

「君よりもバレにくいのは確かだね。はっきり言うが、君はこれから人前に出る機会が増えるから、センターにも捕捉されやすい」

「人前に？　わたしは隔離されるのでは……？」

「いや、院内で勤務してもらおうと考えている。特別研修医という立場になるが」

「特別研修医……ですか」

懐かしい単語を聞き、思わず目を細めた。穂邑はセンターにおいて医学を学び、医師の国家資格も得ている。もちろん現場へ出たことはないから、ただ試験に受かったというだけで医者とは言えない。センターのヒーラーが医学を学ぶのは、もちろん再生治療に役立てるためだった。人体を知っているのといないのとでは、治療の結果に少なからず差が出るからだ。もちろん個々の能力差がなによりも大きいのだが。

とにかくセンターのそうした取り組みは公表されており、誰でも知っていることだった。規模の小さな医科大学があるようなものだ。そして特別研修医とは、十数年前にできた制度で、ある分野に特定して研修を受け、その後もその分野でのみ医療に従事できるというものだ。例としては少し違うだろうが、自動車免許証で言えばオートマチック限定のような感じだと思えばいい。

「人前に出るとは言ったが、君が医師として患者と接するわけじゃないよ。当分は力を使えないんだろう？」

「ええ。昨日使ったばかりなので。わたしの場合は、回復に十週間ほどかかります。平均よりは早いほうなんですが……」

「そうか。まぁ、そのあたりは回復してから話し合おう。ところで病理科というのはわかるかな」

「はい、もちろん」

「君はそこに配属する。部屋は職員しか立ち入らないあたりにあるから、外部者の目にはつかないだろうとは思うよ。ただ、人の口に戸は立てられない。まして君の容姿は、かなり目立ってしまう」

久慈原の言葉と仕方なさそうな視線に、穂邑は苦笑をもらした。

子供の頃から、派手で人目を引く容姿であることは自覚していた。周囲から言われ続ければ、自覚しないほうがおかしいだろう。だが穂邑自身はそのことに価値を見いだすことはできないでいる。

容姿に関しては、得より損をしたほうが多いというのが正直なところだ。もっと男らしい美丈夫ならば――たとえば風間のようなタイプだったならまた違うのだろうが、顔立ちが中性的で身体の線も細い穂邑など、多少身長がある程度ではあまり男らしくは見てもらえず、揶揄《やゆ》されたり同性から性的対象に見られることが多かった。まして個人的な感傷から髪を長くしているものだからなおさらだ。

穂邑は自らの髪に手をやり、つまみ上げてそれを見つめた。

「切ったほうがよさそうですね」

「いや、それはもったいないないな」

間髪を入れずに返されて、穂邑は驚いてしまった。

「はい?」

「とても似合っているし、きれいな髪だ。そのままでも問題はないよ。切ろうが切るまいが、君が目を引くことには変わりないからね」

「はぁ……」

面食らいながら頷き、久慈原の真意を探ろうと彼の顔をじっと見つめた。整った顔に穏やかな笑みを浮かべる様子は、先ほどまでとまったく変わりなかった。昨日初めて会ってから、ほぼずっと一緒にいるのだが、彼はいつでもこの状態だ。理想を語るときに、少し熱くなるくらいだった。

身構える穂邑に、久慈原はくすりと笑った。

「わたしは面食いでね。美しい人には、つい興味が湧《わ》いてしまう。このあたりは、父親の悪い癖を引き継いでしまったかな」

朗らかに笑った後、久慈原は視線を風間に向けた。まるでこの場にいないかのように黙り続け、存在感すら消していた風間は、視線を手元に落としたまま相変わらず苦々しい顔をしていた。

久慈原の視線が戻ってきた途端に、無意識のうちに力が入ってしまった。見ているほうにもわかったらしく、苦笑が聞こえた。

「そう警戒しなくても、取って食いやしないよ」

「別に警戒はしていません」

「それはそれで悲しいな。少しは危機感を抱《いだ》いたほうがいいよ。もちろん、わたしの協力者は安全だけどね」

風間もその安全な人員に入っているようだが、それも当然だと思えた。触るのもいやなくらいにヒーラーを嫌っているならば、襲う心配もないというわけだ。

「あと二人いると伺いましたが」

「うん。二人とも既婚者で、異性愛者だから、心配しなくていいよ。偏見はないそうだが、自分は考えられないというタイプのようだね」

意味ありげな視線を向けられたのは、穂邑がバイセクシャルだということに気付いているせいだろう。いや、正確なところは穂邑自身にもわからないのだ。同性としかセックスの経験はないが、女性がだめかといえばそうではないだろうし、精神的な意味では、そもそも恋愛感情というものを抱いたことがないのでわからない、としか言いようがない。

いずれにしても、穂邑はけっしてマイノリティではなかった。同性愛についてはこの十数年で理解が進み、法整備もされた。同性のみしか愛せないという者が大幅に増えたわけではないようだが、どちらでも愛せるという者がかなり多いのが現状だ。年代によっても違うが、若い層になればなるだけその傾向が強い。

「いろいろと配慮はしてくれるはずだよ」

「あの……」

「余計な気をまわし過ぎたかな。君はとても中性的だし、腕っ節もあまり強くなさそうだ。そのくらいの心配をしたほうがいいと思ったんだが」

揶揄でもハラスメントでもなく、久慈原は本気でそう思ったらしい。実際、この容姿のせいで同性からそういった目で見られ続けてきたし、腹を立てるようなことでもないので、苦笑をもらすだけにとどめた。

「いえ……お気遣いありがとうございます」

「しばらくのあいだ、マスクだけはしてくれるかい？」

「そうですね。では、メガネの手配もお願いできますか。度は入っていなくてかまいませんので」

院内ならばマスク姿のスタッフも珍しくない。メガネの一つでもかければ、少しは効果もあるだろう。

「わかった。悪目立ちせずに、君に似合いそうなものを早急に用意させる。明日の朝には渡せるだろう」

「なにからなにまで、すみません」

「いや、君の保護も大事な役目だからね。しばらくはあの部屋で生活してもらうことになるが、なるべく快適に過ごせるように努力するよ」

「ありがとうございます」

軽く頭を下げ、穂邑は笑みを浮かべた。無意識に表情を作るのは癖のようなもので、センターに入ってから身に着けたものだ。この年の大人としては当然のことだが、目の前で不機嫌そうな顔をしている男には到底無理なことだろう。あるいは穂邑以外には、愛想笑いくらいは出来るのだろうか。

「着替えも後で届けさせるよ」

久慈原の声に我に返り、頷くだけの返事をした。着の身着のままでここへ来た上、私物を取りに戻ることもできないため、服から日用品まで、すべてを用意してもらわなければならないのだ。もう少したてば口座から金を動かすこともできるようになるはずだが、外部との接触を避けられている状態では買いものもできないから、やはり当分は人に頼むしかないのだった。

「必要なものがあれば遠慮なく言って欲しい。あの部屋になにか足りないものはなかったかな?」

「当面は大丈夫だと思います」

広さはセンターで与えられていた部屋よりも大きいし、設備もそれなりに整っていた。さすがは特別室だ。

都心にほど近い場所にあるこの総合病院は、広い敷地に三棟の病棟が連なっているほか、職員のための寮や地方から訪れる患者や入院患者の家族のための宿泊施設まである。なかにはＶＩＰや有名人が入院する際に使われる、一部スタッフしか立ち入れないエリアがあり、穂邑はその一角に久慈原と泊まったのだ。専用の出入り口もあり、その場所も一部の者しか知らないという。病室というよりもコンドミニアムのような部屋だった。

不自由があるとすれば、一人ではないということだろうか。だがこれは仕方ないことだとわかっている。

「ああ……それと、名前はそのままだが、かまわないかな？」

「え？」

「書類上もネームプレートも、本名にしたいと思っているんだ」

「あ、いえ……でもそんなことをしたら……」

ありふれた姓でないことは充分に自覚している。外部の者と接触する機会は少ないとはいえ、院内を歩けば誰かの目に止まるだろうし、医師という立場である以上は、どうしても職員たちに認識されるだろう。

「遅かれ早かれ、センターは君の居場所を突き止めるだろう。そのときに、へたに偽名を使っていたら、かえって面倒なことになるよ。向こうに付けいる隙を与えてしまう」

「それは……」

確かにそうだと思った。経歴詐称だなんだと難癖をつけられ、法的な介入を許すことになりかねない。ならばやましいことはないのだと、堂々としているべきだろう。穂邑は正式に退職したのだから、どこに再就職しようがかまわないはずなのだ。

問題は穂邑を雇い入れた久慈原に咎《とが》が及ばないか、ということだった。

「そんな顔をしなくても大丈夫だ。わたしが医療とヒーラー治療の融合を目指していることは、結構知られているからね。何者かの手助けによってセンターを出た君が、わたしの理念に感銘を受けて駆け込んできた……ということで、一応筋は通る。まぁ、そのあたりの設定は少し変えるかもしれないけどね」

「本当にご迷惑では……」

「大丈夫。センターに対する世間の目は厳しくなっているからね。君やわたしを突《つつ》くことは、リスクのほうが大きいよ」

力づけるように肩に手を置かれ、穂邑は小さく頷いた。揺るぎない自信があるのか方便なのかは不明だが、いつまでも話を引っ張ったところで意味はなさそうだ。

「早速だが、病理科へ行こうか」

「あ、はい」

久慈原に連れられて院長室から出ると、いかにも不本意ですといった態度で風間もついてきた。並んで歩く穂邑たちの後ろを、黙って歩いているのだ。

視線を強く感じた。睨《にら》み付けるようなそれは穂邑を警戒してのものであり、観察というよりは監視だ。彼は早速自分の役目を忠実に果たしているわけだ。

「当面は風間先生の助手という形かな」

「え？」

思わず振り返りそうになったのをこらえ、穂邑は久慈原を見つめた。

「彼は病理医でね。ときには患者への説明が必要になることもあるが、それは病理科長の役目だから、専ら細胞や機材が相手だね」

「ああ……」

ようやく納得した。あの性格でどう医者として働いているのかと思っていたが、ようは研究職だったようだ。人目に触れたくない穂邑にとって都合のいい場所は、対人スキルに問題がある風間にとってもいい場所らしい。

「君を含めて、病理科は三人だ。もう一人も協力者なんだ。残る一人は外科でね、明日にでも紹介しよう」

「はい」

院長室のあるA棟から、病理科のあるC棟へと渡るには、さすがに人目にさらされざるを得なかった。外来や入院の患者には会わなかったものの、廊下を行き交う職員を避けることはできず、彼らは久慈原を見て挨拶をしつつも、ひどく穂邑のことを気にしていた。もの問いたげな者たちもいたが、結局誰一人として質問はしなかった。

そのまま十数人とすれ違い、それ以上の者たちに目撃されつつ、目的の部屋に到着した。

部屋の前でさっと風間が前へ出て、軽くノックをした後でドアを開くと、自分は脇へ寄り、久慈原と穂邑を通してから入室した。

「待っていましたよ」

なかにいた人物はすでに立ち上がっていて、にこやかに笑みを浮かべていた。年の頃は四十くらいだろうか。優しそうな目元が印象的な、小児科あたりにいたらぴったりだろう落ち着いた雰囲気の男だった。目線は穂邑とほとんど変わらず、同じようにやせ型だ。

「こちら、野沢重人《のざわしげと》先生。なにかあれば、彼を頼るといいよ。で、彼は穂邑律くんです。美人で嬉しいでしょう？」

「目の保養になりますね」

久慈原の冗談なのか本気なのかわからない言葉を、野沢は笑いながらさらりと流した。軽口には慣れているようだし、この分ならば風間がいても息が詰まることはなさそうだ。いい緩衝材になってくれそうな気がする。

手を差し出され、穂邑は微笑《ほほえ》みながらその手を握った。

「穂邑です。なるべくお手数をおかけしないように頑張りますので、どうぞよろしくお願いします」

「僕もね、院長の理念に共感している一人なんだよ。一緒に頑張っていこう」

「はい、ありがとうございます」

静かなトーンの声を聞きながら、穂邑は肩から力が抜けていくのを感じた。どうにも気が緩んでしまうのは、野沢が亡き養父に少し似ているせいかもしれない。姿形がではなく、まとう雰囲気だとか話し方が似ているのだ。

穂邑に家族の愛情というものを教えてくれた人だ。短いあいだだったが、彼とその妻――養母に愛されて、穂邑は確かに幸せだった。

この人がいるならば、心穏やかに過ごしていけるかもしれない。風間のことは少し憂鬱だが、気にしないようにすればいいことだし、きっとすぐに慣れるだろう。

「人の出入りも、そう多くないんだよ。一日にせいぜい二人か三人といったところかな。電話で話すほうが多いくらいだ。まぁ、もしかすると直接やってくる人が増えるかもしれないけどね」

くすりと笑い、軽く腕のあたりを叩かれた。意味がわからずに首を傾《かし》げていると、横から久慈原が口を挟んできた。

「君を見たさに、なにかと理由をつけて来るんじゃないかな。一気に病理科は賑《にぎ》やかになりそうだね」

「まさか……」

そこまでの物好きがいるとは到底思えなかった。もし興味を抱かれたとしても、一度顔を見れば気もすむはずだ。

「センターでは、騒がれたりしなかったのかい？」

「基本的に決まった人たちとしか会いませんでしたから。センターの職員はほとんど異動がないんです。機密保持のためだと思いますが」

「ああ……」

「でも治療希望者とは、毎日のように会っていたんだろう?」

「ええ、でも彼らは必死ですから」

思い出し、穂邑は形のいい眉《まゆ》をひそめた。

ヒーラーの業務の一つに、治療希望者との面談がある。一度力を使うと回復までのあいだは使いものにならないので、その期間は治療希望者の応対に当たるのだ。

すべての国民に、平等に治療の機会が与えられる。その建前を守るために、センターはとりあえず無償での治療も行っている。もちろんヒーラーの数には限りがあるので順番待ちは必至なのだが、最後の望みとばかりに再生治療を求める者は跡を絶たない。

「藁《わら》にもすがる思いで来る患者を、利用してるくせに」

吐き捨てるようにぼそりと呟いたのは風間で、その瞬間、部屋の空気は確実に緊張感に包まれた。

「風間先生。それはセンターの……国の方針であって、穂邑くんが望んでしていたことではないよ」

「ですが、こいつがそれに荷担してきたことは事実でしょう。なにが平等に、だ。政治と収益に支障がない範囲で、体裁を繕ってるだけじゃないですか。あんなものはパフォーマンスでしかない」

「ええ、その通りですよ」

静かに肯定すると、三人の視線がいっせいに穂邑に向いた。気遣わしげな二人と、相変わらず嫌悪感をぶつけてくる風間が対照的だ。

実際、風間の言うことは一つも間違っていなかった。治療希望者を無償で治すのは、掲げた建前を保つためでしかない。そして患者の選択さえも、ある条件が優先されている。

「そのあたりについては、まだ彼に詳しく話していないんだよ。いましてもいいかな？」

「どうぞ。わたしの口からは、申し上げられませんから」

久慈原たちは驚くほどに詳しい情報を手にしている。それは穂邑が持っている情報と遜《そん》色《しょく》がないほど精密なものだった。センターに内通者がいることは確からしいし、久慈原は数多くのジャーナリストと繋《つな》がりがある。泉流の恋人であり保護者でもある世良《せら》という男もその一人だと聞いた。

風間にそれを語っていなかったのは、彼が久慈原の協力者になって日が浅いためだろう。おそらく穂邑の出奔にあわせて、急遽《きゅうきょ》話を持ちかけたに違いない。

一呼吸置いてから、久慈原は言った。

「センターがヒーラーたちに治療希望者と面談させるのは、メリットのある治療のためなんだよ」

「メリット……？」

「そう。どうせ治療を行うなら……パフォーマンスをしなくてはならないのなら、ほかにもなにか実りが欲しい、というわけだ」

「どういう意味ですか」

風間は険しい顔で質問した。

事実を教えたらまた新たな怒りを買いそうだと思ったが、これからも久慈原の協力者でいるならば、知っておくべきことだ。

「センターには、毎日百人以上の治療希望者が現れる。その対応にヒーラーが当たっているのは、れっきとした意味があるということだよ」

「力の回復期間中に、遊ばせておかないためじゃないんですか」

「ほかにもやることはありましたよ。センターには医療施設もありましたし」

思わず口を挟んでしまったが、これは公になっていることなので問題はなかった。もちろんヒーラーが治療希望者の対応をしていることもだ。

言い終えた穂邑が久慈原に目を向けると、頷いてから彼は言った。

「チャージャーを発見するためだよ」

「え……？」

「触れるだけで、ヒーラーは相手がチャージャーかどうかわかるらしい。だから患者と、その付き添いで訪れた人に、話しながら自然に触れて、確かめるそうだ。そうして発見された場合は、治療が優先される。患者がチャージャー本人である場合は、希少種をキープするため。患者の身内だった場合は、恩を売るためにね」

「なっ……」

予想通り風間の表情には憤りの色が乗った。それはセンターという組織、背後にある国に対するものだろうが、いまは目の前にいる穂邑に向けられている。忌むべき体制の代表とでも思っているのかもしれない。

実際のところ、そうやって見つけ出されたチャージャーはそう多くはない。そもそもヒーラーに比べて、認知されている数はかなり少ないのだ。力を自覚できるヒーラーとは違い、チャージャーはヒーラーが触れることでしか確認のしようがない上、力を取られた本人はほとんど自覚することがない。それは穂邑が見つけたチャージャーである泉流が言っていた。なにかが流れていく感覚はあるそうだが、微々たるものであり、その後脱力するわけでも肉体や精神に変調を来すわけでもないという。

そう、彼らは自分の意思で力を与えるのではなく、接触することで搾取される存在だった。自らの意思で力を使えるヒーラーとは違うのだ。

さすがにそこまで言うつもりはなかったが、すでに風間は嫌悪感を深くしていた。これは関係修復が難しいだろうが、無理して修復する気もない穂邑にとってはどうでもいいことだ。それよりも事実を知っておいてくれたほうがいい。

「以前からわたしはセンターのあり方には疑問を抱いていました。きっかけは自分の身が危うくなったことですが、かえっていい機会だったと思っています。あなたがどう思おうと、わたしはここで久慈原先生のお手伝いをさせていただきます」

きっぱりと告げ、穂邑は風間から視線を外して久慈原と野沢を見た。風間の返事は期待していなかったし、彼の反応にも興味はなかった。

「至らないことも多いと思いますが、お力になれるように頑張りますね」

「こちらこそ。とりあえず今日は顔見せだけだね。こちらもじきに上がるから、明日から頼むよ」

「はい」

微笑みを向けられて、穂邑も同じように表情を和らげた。たった三人の職場で、一人との関係はあまりうまくいきそうにないが、上司とはうまくやれそうだ。

そう思っていると、野沢は風間へ目を向けた。

「風間先生は残ってもらっていいかな」

「……はい」

まだ先ほどの感情を引きずりつつも、風間は小さく頷いた。野沢には感情をぶつける理由がないので素直なものだった。

それからすぐに、久慈原によって促されて廊下へ出た。

「穂邑くんには、少しデータ整理を手伝ってもらおうかな。整理と言うか、チェック作業だね。センターに関するものなんだ」

「守秘義務に触れない部分でしたら」

「もちろんだよ」

話しながら院長室に戻るときも、ずいぶんたくさんの視線に晒《さら》された。むしろ来るときよりも多いような気さえした。なかには待ち伏せではないかと思うような輩《やから》もおり、これには久慈原も苦笑していた。

「うん、予想以上だね。思った以上に興味を持たれたらしい」

院長室に戻るなり、久慈原は困ったように頭を掻《か》いた。

「わたしのことは、職員にはどう説明なさったんです？」

「知人から頼まれて受け入れることにした特別研修医……まぁ、そのままだ。たぶん病理科と聞いて、スタッフのあいだで話題になってたんじゃないかな」

「なぜですか？」

「風間先生の下につくからだよ。簡単に想像できると思うが、彼は院内でも少し浮いていてね。悪い子ではないんだが、あの通り思ったことははっきり言うし、人付き合いもよくない。まともに話すのは、わたしと野沢先生くらいなんだ。後はまぁ、昔ちょっとトラブルがあって、担ぎ込まれたことがあってね。当時のスタッフもまだいるものだから……」

なるほど、と穂邑は浅く顎《あご》を引く。あれは穂邑への同情を含んだ興味本位の視線でもあったわけだ。久慈原が直々につれて歩いてたというのも大きいのだろう。風間にもいろいろあったようだが、興味がないので流すことにした。

「それにしても、彼にはずいぶんと歓迎されていないみたいですね」

「本当に申し訳ない。君個人に対してどうこうっていうわけではないんだよ」

「差別意識なんでしょうか」

「あれはフォビアだね。なにもヒーラーやチャージャーに限ったことではないんだ。科学で証明できないこと、不可思議なこと……まぁオカルトもそうだが、そのあたり全般に対しての拒否反応が並外れている」

「なにかあったんですか？」

「とくにそういった話は聞いていないよ。だからトラウマがあるというわけではないようなんだ。たぶん、どんどん凝り固まっていったタイプじゃないかな。なんというか……あれでいて、根は素直なんだけどね」

「なるほど……」

凝り固まるという表現にも、根は素直という言い方にも、大いに納得した。ようするにいろいろな意味で頑固であり、性根自体はゆがんでいないということなのだろう。あれだけストレートに感情をあらわにする男だからそれも納得だ。良くも悪くもわかりやすかった。

「協力してくれないかな?」

「はい?」

なにを、とばかりに眉を寄せると、久慈原は小さく溜め息をついた。

「彼はね、わたしをとても信頼してくれているんだ。だから今回のことも協力すると言ってくれた。だが彼自身には、ヒーラーと医療の融合なんて理念はないんだ」

「でしょうね。露骨ですし」

「ああ……意に染まないことをするのは、彼自身にもよくないと思うんだが、頑として聞かない。だったら、いい方向に変わることを期待したいんだ。君と関わることで、彼の意識が変わってくれれば……と思ってる」

「それは……」

口ごもり、頭のなかでいくつかの言葉を並べてはしまいこむ。無理だとか、困るだとか、思いついたのは否定的な言葉ばかりだったからだ。

少し黙り込み、やがて穂邑はゆっくりと口を開いた。

「わたしは先生が思っていらっしゃるような、おとなしい人間ではありません。落ち着いて見えるような振る舞いを身に着けてはいますが、けっして穏やかな気質じゃない」

「そうかもしれないね」

「間違いなく、風間先生と衝突しますよ」

言われっぱなしでいつまでも黙っていられるとは思えない。ある程度は流しもするが、相手の態度によっては、容赦なく言葉をぶつけるだろう。

久慈原はふっと微笑み、大きく頷いた。

「それでいいと思うよ。風間先生はカッとしても手が出るような人間ではないから、安心してケンカするといい」

「いいんですか？」

「ヒーラーもごく普通の人間だということを、わからせてあげてくれ。もっとも君は、普通と言うには美し過ぎるけどね」

なにかにつけて顔を褒めるので、もはや苦笑をこぼすことしか出来なかった。久慈原から欲なり熱っぽさなりを感じれば対処のしようもあるのだが、そういった雰囲気もないから、困ってしまうのだ。

「ところで、夕食は風間先生と三人で取りたいと思うんだが、大丈夫かな？」

「え……ええ、かまいませんが」

気まずいことこの上ないだろうが、大きな問題ではない。この先、風間と同じ空間で食事をすることなど山ほどあるはずだから、いちいち気にすることでもないだろう。

すでに外は暗くなり、二回目の夜がやってきた。少しずつ日は長くなっているのだろうが春の訪れはまだ遠く、窓ガラスの向こうには冷たい風が吹いていることだろう。

外へ出ることなく院内で過ごすのは、さながら冬ごもりのようだと思う。

これからどうやっていくのかを具体的に思い描くことはできないが、閉塞感《へいそくかん》のようなものがないだけでも、ずいぶんとマシのように感じた。

思ったより気を遣わずにすんだ食事を終え、穂邑は風間と部屋へと戻った。

食事には野沢も現れたので、風間を抜かしてほぼ三人で話をしながらだったのも、居心地が悪くなかった理由だろう。むしろほとんどしゃべらなかった風間のほうが、身の置きどころがなかったのではないだろうか。

斜め後ろを歩く男のことを考えながら、穂邑はやれやれと思う。

結局、会話もないまま部屋に入り、コンパクトなソファに落ち着く。二人がけのソファだが、もちろん隣に風間が座るなんていうことはない。二人用のダイニングテーブルもあるので、そちらの椅子に座っていた。

部屋は長期滞在型のホテルといったほうがいいような作りだった。ＩＨコンロのついたキッチンもあるし、小さなリビングダイニングもある。本当に小さくコンパクトにまとめられているが、それは寝室と別にするためなのだろう。ドアを挟んでツインルームがあり、その奥にバスルームがあるという作りだ。外部への連絡手段になるものはあらかじめ外してあった。

話すこともなく、やりたいことがあるわけでもない。テレビなどはニュース番組以外は見る気はないし、特に大きな動きがあるわけでもないからスイッチを入れる気にもなれなかった。

とりあえず頼まれていることの続き——データのチェックでもしようかと、持ち帰った資料に手を伸ばそうとすると、背後からぼそりと声がした。

「一つだけ言っておく」

「……はい？」

話しかけられたことがあまりにも意外で反応が遅れてしまった。いや、もしかすると独り言なのかもしれないと思いながらも、とりあえず振り返った。

風間は睨むように穂邑を見ていた。その表情には侮蔑《ぶべつ》と嫌悪がありありと乗っていて、穂邑は内心溜め息をつきたくなった。仕方ないと割り切ってはいても、やはり負の感情をぶつけられれば気も滅入るというものだ。

「これ以上、男に色目を使うな」

憎々しげに吐き出された言葉が理解できなかった。誰に対して言っているのかが本当にわからなかったから、穂邑は無言で風間を見つめ返していた。

「野沢先生には家庭がある。久慈原先生はいまは独身だが、だめだ」

「はぁ……?」

「もう噂がまわりはじめてるぞ。ちょっと人目についただけだってのにな」

「なにをおっしゃっているのか理解できないんですが。噂って……なんのことです?」

「おまえが久慈原先生の愛人じゃないか、って噂だ。久慈原先生自らが連れて歩いてたからだろうな。さっき野沢先生が探りを入れられてた。はっきり言うが、久慈原先生に悪い噂が立つのは迷惑だ」

どうやら風間に尋ねようという者はいなかったらしい。どれだけ敬遠されているんだと思ったが、それよりも噂の内容のほうが気にかかった。

「迷惑と言われても、わたしはただ廊下を歩いていただけです。文句を言うなら勝手に噂を立てた人たちにしてください。それと、色目を使った覚えはありません。そういう意識もありません」

「どうだか」

鼻で笑われ、急激に気分が萎《な》えていくのがわかった。とっくに低空飛行だったが、いまや地を這《は》うがごとくだ。

完全にしらけてしまった。

こういう言葉や態度には慣れているから、別に怒りはしない。昔から、そんな意図などまったくないのに「誘っているよう」だの「男が欲しいんだろう」だのと、下卑た言葉を投げつけられてきたからだ。たいていは穂邑を犯したいだけの男たちだったが、風間の場合は嫌悪から来るものらしい。いずれにしても、蔑《さげす》みの言葉には違いなく、穂邑の人格を外見のイメージで都合のいいように決めつけたものだ。

（馬鹿馬鹿しい）

だが劣情を正当化しようという男たちよりは、まだマシだ。だから穂邑は無視はしないことにした。

ただし能面のように無表情になっているという自覚はあったが。

「あなたも個人を見ようとはしないんですね」

冷え切った声は、きっと侮蔑の響きを帯びていただろう。風間の表情がぴくりと動いて剣呑《けんのん》なものになった。

「なんだと……？」

「偏見と思い込みでしか人を判断していない、と言っているんです。ヒーラーだから嫌悪する、わたしの見た目がこうだから男が好きなんだろうと邪推する。判断基準がカテゴリーと見た目だけとは、ずいぶんと貧しい考えをお持ちのようだ」

「っ……！」

ガタンと椅子を倒す勢いで立ち上がった風間は、射殺さんばかりの目で穂邑を見る。だがなにも言わないところを見ると、怒りで真っ白になっているか、言われて初めて自覚した、というところだろう。てっきり感情にまかせて支離滅裂な反論でもするかと思っていたが、そういう性質ではないらしい。

「久慈原先生に言って、いまからでも外してもらったほうがいいと思いますよ。わたしはかまいませんが、あなたのストレスがひどくなりそうですし」

「そんなこと出来るか」

「なにを意固地になっているんです？　ああ、自分からは言えませんか。でしたら、わたしから申し上げておきます」

「だめだ、そんなことになったら、ほかの先生方に負担がかかるだろうが」

「負担のかからない方法もありますよ。わたしにある程度の自由を与えようとするから、監視役が必要になるんです。夜はわたしを監禁すればすむことでしょう。無理に監視役と生活させることはありません」

外へ出られないようにして、電波を遮断する密室に入れておけばすむことだ。久慈原としては、それをしたくないがためにこうしたのだろうが、早速無理が生じている以上、こちらから妥協案を出していいもいいはずだ。

「俺のことはどうでもいい。とにかく役目は全うする」

「あなたの自己陶酔に付き合わされたくないんです。久慈原先生への忠誠を貫きたいんでしようが、自分を押し殺せないあなたには無理ですよ」

溜め息まじりに言い放ち、ゆっくりと瞬《まばた》きをする。すでに優位にあるのは自分だと確信し、さらに畳みかけることにした。

最初が肝心だ。

「これが仕事の一環だというなら、私情は捨てるべきだし、職務から外れるサービスやボランティアだというなら、無理する必要はない。むしろやめるべきですよ。ほかの方の負担というのでしたら、あなたの至らなさのせいですでに負担はかかっていると思います。かなり心配なさっていましたから」

嘘も誇張もなく、容赦なく真実を突きつけると、さすがにショックだったのか小さく息を飲む気配がした。その目にはありありと動揺が表れている。

立ち尽くしていた風間の、両脇に垂らしていた手からふっと力が抜けるのが見えた。握りしめていた拳《こぶし》が、緩んだのだ。そうしてから、かろうじて倒れずにすんだ椅子に脱力したように座り込んだ。

聞こえた溜め息は、残っていた感情を鎮めるためのように思えた。

「そうだな……中途半端、だな」

「ええ、とても」

容赦なく肯定しても、怒気は返ってこなかった。

予想外だ。もっと手強いかと思っていたのに、案外たやすくやり込めることが出来た。

どうやら納得はしてくれたらしい。だがなかなか答えは出ないようなので、穂邑は結論を促すために言った。

「ご自分で久慈原先生におっしゃいますか？」

「なんで辞退前提なんだ」

ムッとして穂邑を見る風間には、先ほどまでの攻撃的な雰囲気はなくなっていた。警戒心はまだ強く持っているようだが、それは仕方ない。態度が軟化しただけでも充分だ。

「違うんですか？」

「辞める気はない。だから、おまえへの認識をあらためることにする」

「はぁ……そうですか」

よくわからない理屈だが、本人のなかで筋が通っているのならば別にかまわなかった。態度を取り繕ったところで解決にはならず、意識改革の必要がある……という結論には達したらしい。

「石頭の差別主義者かと思っていましたけど、そうでもないんですね」

「おまっ……」

「ああ、すみません。保守的な現実主義者と言うべきだったかな」

「言っておくがフォローになってないぞ」

苦笑され、まぁそうだろうなと心のなかで思う。別の言葉に置き換えたところで、最初に本音を言ってしまったものはどうしようもないだろう。意外なことに、風間は特に憤慨したりもせず、なにか考え込むようにして視線を手元に落としていた。

攻撃的な視線や態度がない状態の風間は、年相応どころか相当に落ち着いて見える。三十代前半くらいにも見えた。

「……悪かった」

「え？」

ぼそりと吐き出された謝罪の言葉に、穂邑は目を瞠《みは》った。

けっして投げやりでもなければ、いやいやという感じでもない。いくぶんバツが悪そうではあったが絞り出すような響きには謝意が含まれており、表面的な言葉でなく本心からということはわかった。

（うん……単純なんだな）

頑固だし偏りもあるし、気に入らないものには噛《か》みつく性格ではあるが、納得すればすんなりとそれを認めるだけの潔さはあるということだ。よくいえば素直、悪く言うと単純なのだろう。

「いえ、それほど気にしてないですから」

「まったく気にしてないわけじゃないだろう」

「それはまぁ、人間ですので」

面と向かって悪意を向けられ、不快な言葉をぶつけられれば、普通は気分が悪いだろう。傷つくかどうかはまた別問題だが。

「悪かった。そうだよな……俺と同じ年の、人間なんだよな」

もう一度謝った後、風間は小さく溜め息をついた。

「なんですか、それ。ひょっとしてヒーラーを化け物かなにかとでも思っていたんですか？」

「いや、そんなことは……ただ、別次元の存在のようには思ってた。だってそうだろう、手で触れただけでケガや病気を治すなんて、あり得ない。だがそのあり得ないことを、実際にしてしまうんだ」

世の理《ことわり》から大きく外れた者たち、あるいは無視した存在――。だから風間は受け入れられずにいるし、ほかにもそういった者たちは大勢いる。ヒーラーの能力は歓迎される一方で、畏怖《いふ》や嫌忌の対象になるのだ。

「確かに異能者です。でも、それだけですよ」

「それだけ？」

風間は怪訝《けげん》そうな顔をして、穂邑はそんな風間を見つめて微笑んだ。治療希望者と対峙《たいじ》するときのように、相手を刺激しないような態度と言葉を選んだ。

「ものを食べなくては生きられないし、老いも死にもします。笑いもすれば怒りもする。一人一人、性格も考え方も違います。自分の力を誇っている者もいれば、嫌悪して拒絶する者だっている」

「嫌悪？　ヒーラーであることをか？」

風間は意外そうに呟き、強く返事を求めてきた。ヒーラーの話をするのもいやなのかと思っていたが、興味はあるらしい。あるいは情報や知識を得ることで、克服しようという前向きさなのかもしれない。

穂邑は頷き、少し遠い目をした。

「自分の異能を受け入れられない人もいるんですよ。それこそ、自分が得体の知れない化け物にでもなってしまったと思って、精神を病む人もいます」

「初耳だ……」

「当事者の家族は、隠したがりますからね。センターも可能な限り、伏せようとします。不安定になった人は基本的には保護されて、カウンセリングを受けるんですが、やはり間に合わないケースもあるようです。その手の話は、定期的に週刊誌の記事になっていますよ。いまよりも、ヒーラーが出現し始めた頃のほうがひどかったようですね」

「……おまえは？　どうだったんだ？　いくつのときに、ヒーラーになった？　いや、自覚したという感じか？」

「わたしは十三のときでした。戸惑いはありましたが、この力が居場所を与えてくれたのは確かなので、むしろ感謝してますよ」

「力はそう強くないと聞いたが……」

「……登録レベルは八〇弱ですね。低くはありませんが、センターから惜しまれるほどの力ではありません」

数値の設定では最高は一〇〇とされていて、センターが大事に抱え込むレベルの九五を越える者はたったの五人しかいない。ここまで来ると、余命宣告を受けるほどの病状から健康体への再生ができるのだ。

「それでも、自分に出来ることはしようと思います。力が回復したら、ヒーラーとして久慈原先生のお手伝いもします。数ヵ月に一度……になりますけどね」

「そうか……久慈原先生と懇意にしているフリーのヒーラーのことは知ってるのか？」

「ええ。彼は、たぶん……いえ間違いなく、最高レベルのヒーラーだと思います。わたしとは比べものにならないでしょう」

一度しか会ったことのない男の顔を思い出しながら、事実だけを淡々と告げる。いままで風間には明かしていなかったことも、徐々に教えていっていいと久慈原に言われたのだ。どうしてその役目が穂邑なのかは疑問が残るし、どう進めようかと悩んでいたのだが、いまがチャンスとばかりにいくつか話してしまうことにした。

風間と対面する少し前まで、穂邑は泉流と泉流の恋人兼保護者の訪問を受けていたのだ。

その恋人兼保護者である世良泰駕《たいが》こそが、知る限り最高の能力を持つヒーラーだ。もともとの力も高かったらしいが、泉流というチャージャーをパートナーとしたことによって、現在のレベルにまで達したようだ。久慈原によると、いまの世良はほぼ毎日のように最高レベルの力を使える状態らしい。本来あるはずの回復期間は、チャージャーとの特別な接触によってないも同然に出来るからだ。

「彼は特別ですから」

厳密には、あの二人が——ヒーラーとチャージャーが恋人関係にあるということが特別なことなのだが、それは言えなかった。

微笑む穂邑を、風間は無言でじっと見つめていた。

「親しいのか」

「そういうわけでは……一度しか会ったことがありませんし。センターでわたしと親しかった子が彼に匿《かくま》われているので、間接的な関係ですよ」

泉流のことは簡単に説明を受けているらしいので、それだけ言っておいた。間違ったことはひとつも言っていない。

軽く鼻を鳴らし、風間は眉間《みけん》に皺《しわ》を寄せた。

友好的な態度とは言いがたいが、さっきまでよりはずっといい。そう思いながら立ち上がると、怪訝そうな視線が向けられた。

「コーヒーをいれますが、あなたも飲みますか？」

「……ああ」

ややためらいながらも頷き、風間は簡易キッチンに立つ穂邑を目で追った。いれるといってもコーヒーメーカーをセットするだけだ。

穂邑がいれたコーヒーを飲むというのだから、風間の嫌悪感も拒否反応もさほど根深いものではないのだろう。本当にいやならば、そんな相手のいれたコーヒーなど口にしたくはないはずだ。

「砂糖とミルクは？」

「いらない」

見た目やイメージとのギャップはないな、と思いながらカップにコーヒーを注ぐ。カップとソーサーのセットもあったが、マグカップがあったのでそちらにした。

「どうぞ」

マグカップを差し出したのは、無意識の行動だった。

「ああ……どうも」

なにげなく受け取った風間の手と穂邑の指が、一瞬触れた。

びくりと指先が震えてしまったのを自覚したのは、いぶかしげな風間の表情に気付いた後だった。

（いまのは……）

気のせいかもしれないと思いながらも、一瞬の感覚を思い出していた。覚えのあるあれは、否定のしようもない。

黙り込んだ穂邑に、探るような声がかかった。

「どうかしたか？」

「いえ……すみません、大丈夫でしたか？」

「なにがだ？」

少し苛立《いらだ》ちさえ浮かべ、風間は心底わからないといった様子を見せた。あれほどの嫌悪感はなんだったのかと脱力してしまいそうになった。

「いま、指が触れましたよ。嫌悪感はないんですか？」

「は？　ああ……そういえば、そうだったな」

カップを持つ手を見はするものの、風間はどうでもよさそうだ。むしろそれがどうしたと言わんばかりの言いぐさと表情には溜め息が出てしまう。

「切り替えの早い人ですね。わたしに触るのもいやだったんじゃなかったんですか？」

「握手の話か？　別におまえに触るのがいやだったんじゃない。『よろしく』する気がなかっただけだ」

「ああ……そうですか」

生理的なものではなかったらしいが、子供じみた態度を思えば笑えてくる。本当に表面だけでも取り繕うという考えのない男らしい。

笑えばまた怒らせるだけかと、なんとか無表情に近い状態を保ってみる。すると大真面目な顔でなにか考えていた風間が、カップを持ったまま目を細めた。

「むしろおまえのほうが、いやなんじゃないのか?」

「はい?」

「さっきの反応、変に過剰だったような気がするんだが……もしかして、男にトラウマでもあるのか? 俺がいろいろ言ったことは、真逆だったか?」

矢継ぎ早に問いかけられ、ひどく戸惑った。指が触れたときの反応を恐れかなにかだと曲解したらしい。さっきは誰にでも色目を使う男好きのようなことを言われ、今度は男に触れられるのが怖いトラウマ持ちになった。相変わらず考えが極端で振り幅も大きくて、どうしてそうなるのかという疑問はあったが、都合がいいことも確かだった。

穂邑はふっと苦笑をもらした。

「トラウマはありませんよ。あなたの見解は極端過ぎます。この際ですから正直に言いますが、わたしは同性とお付き合いできる人間です。セックスの経験もあります。でも誰にでも脚を開くわけではないし、レイプされたこともありません」

セクハラは多々あったが、腕力や権力を盾に身体を開かされたことはない。穂邑なりに納得した相手にしか身体は開いていないのだ。

風間は目を瞠り、まじまじと穂邑を見つめた。

「この年なんですから、普通でしょう？　お付き合いしていた人の一人や二人」

恋人だとは言わず、あえて「付き合い」とだけにしておく。不特定でこそなかったが、セフレの域を出ない相手ばかりだったので、言いまわしが微妙になってしまった。

風間はわずかに眉を寄せた後、ふと眉間の皺をなくした。

「まぁ、そうか……その見た目なら、なにもないほうがおかしいか」

妙な納得の仕方をした後、コーヒーを飲んで小さく頷く。自己完結したらしいが、問いただす気にはなれなかった。

やがて風間はカップを置き、すっと立ち上がった。

目の前に立たれると、あらためて彼の背の高さを実感する。穂邑より十センチ近くは高いだろう。

なんだろうと思っていると、いきなり手を差し出された。その大きな手と、真面目くさった端整な顔を、交互に見つめてしまう。

「あらためて、よろしく頼む」

「……変わり身の早さに驚いているんですが」

「そういう言われ方は心外だ。おまえの言葉は理解できたし、話してみていくつか納得もできたから、意識と態度をあらためたんだろうが」

「なるほど」

「一番大きかったのは、ヒーラー……おまえも、俺と同じ人間だっていうことだな。考えてみれば当たり前のことだ」

態度と発言が微妙にあっていない、と内心思った。反省しているのは間違いなさそうだが殊勝さは感じられなかった。堂々として悪びれたところもなく、まるで居直っているかのように見えてしまう。

なんだろうか、この男は。偉そうにしているわけではないし、いわゆる「俺さま」とも違うようなのだが。

とりあえず「態度が大きい」ことは間違いない。

「なんだ?」

「いえ……こちらこそ、よろしくお願いします」

とりあえず和解できたらしいので、握手に応じるために手を差し出す。あのままでも特に気になりはしないが、同じ空間にいる相手とは平和的にやっていけるに越したことはないから、まずまずいい展開だろう。

風間の手に触れることに身がまえながら、表面的にはあくまでなんでもないような態度で近づける。

自ら触れようとした瞬間、ぐっと風間から握手された。

（ああ……）

予想に違《たが》わぬ感覚に、穂邑は少しだけ目を伏せた。

流れ込んでくるそれは、過去に何度か経験してきたもの。触れるだけで、穂邑の意思とも相手の意思とも関係なく起こるもの。

彼は穂邑のような人間に力を与えることができる存在——チャージャーだ。

「そろそろ出ようか」

定時を少し過ぎたあたりで声をかけられ、穂邑は短い返事とともに立ち上がった。

院内で暮らす穂邑は特に荷物を手にするわけでもなく、白衣だけを脱いでロッカーにしまい、狭いスタッフルームを出た。ロッカーとテレビ、食事用のテーブルと椅子があるだけの簡素な部屋だ。

「あと、よろしくね。お疲れ」

「お先に失礼します」

「お疲れ様でした」

いつものように声をかけ、いつものように固い声で返事をもらう。宣言通りに風間の態度はあらたまり、久慈原にも野沢にも大いに喜ばれたが、必要以上に話そうとしないのは相変わらずだった。それでもそれは大きな変化らしく、どんなマジックを使ったのだと尋ねられ、あらましを正直に教えたらひどく感心された。ついでにニヤニヤと意味ありげに笑われたのだが、理由を尋ねるのはなんとなく憚《はばか》られ、いまに至っていた。

支給されたメガネをかけ、マスクをして歩く穂邑を、野沢はちらっと見た。

「相変わらず注目の的だね」

廊下を歩くと視線がうるさくて仕方ないのだが、数日で慣れてしまった。人目にさらされるようになって二週間もたてば、もう日常の一部としか思えない。

「皆さん、好奇心旺盛《おうせい》なんですね」

「謎が謎を呼んでる状態だからねぇ。ある程度は仕方ないかな。おかげで美貌《びぼう》の特別研修医が何者か、憶測が飛び交っているよ」

「そんなにあやしいですか？」

経歴は一つも詐称せずに明かしているのだ。ヒーラーであることは明記していないが、どこで学んだのか、以前はどこに勤務していたのか、いずれも本当のことを登録してある。いずれもセンター内の機関なので、興味を強く引いてしまうのかもしれないが、それ自体はさほど珍しいことでもないはずなのだ。

「あやしくはないが、ミステリアスではあるね」

「わたしのことを、いろいろ聞かれているそうですが……」

「うん。久慈原先生には聞けないし、風間先生に突撃する勇気はないようだしね。堀《ほり》先生は一緒にいるところを見られていないから、誰も聞きに行かないし」

もう一人の協力者は外科医なので、居住スペースでしか会うことはないのだ。たまに病理科へ来ることあるが、それは病理科への用事があるときで、穂邑の監視のためではない。堀が担当の日は、風間が穂邑の送り迎えをするのが習慣となっていた。

「どんな人なのか、ずっとここにいるのか、別の科へ異動することはあるのか……まぁ、このあたりが多い質問だね。あとは、結婚しているか……とかね」

「ご迷惑をかけてすみません」

「君が謝ることじゃないよ。君に人を寄せ付けないようにするのも、役目の一つだからね。君にとっては鬱陶しい話だろう？」

「そんなことないですよ。ただ、妙な噂もあると聞いたものですから、それが久慈原先生のご迷惑になってはと……」

「ああ……あれね」

笑いながら野沢は廊下を進み、やがて特別な許可がなくては入れない区域に入り込んだ。電子ロックのかかった扉をくぐらないと入れない場所だ。

「本当にそんな噂が？」

「副院長の恋人、というやつかな」

「そうです」

「最初の頃だけだよ。まだ研修医だと知られる前に、私服で一緒に歩いたからだろうね。ま、久慈原先生もね、離婚してからずっと浮いた話がなかったものだから、美人が隣にいるっていうんで、騒がれちゃったんだな」

「離婚なさってたんですか……」

そういうことかと少しは納得した。風間が言っていた「いまは独身」という意味も同時に理解する。まだ若く見目もいい久慈原なので、彼の新たなパートナーについては大きな興味を持たれていたに違いなかった。

「問題はなさそうですか？」

「ないと思うよ。久慈原先生の活動はみんな知っているからね、君がセンター内の病院にいたっていうことで、そのへんの繋がりって納得したみたいだし。だからって君への興味が減ったわけじゃないけどね」

「え？」

「個人的な興味だよ。君とお近づきになりたがってるスタッフは数知れず、だ。男女問わずだな。もう少し落ち着いたら紹介するよ」

「友人としてお付き合いできそうな方でしたら、お願いします」

いまは恋人も身体だけの付き合いの相手も欲しくはない。ただ友人は欲しいと思うのだ。男女ともに恋愛対象にされがちの穂邑には、昔からとても難しいことだったのだが。

「友人、ねぇ……」

事実、野沢は困ったように、うーんと唸《うな》った。

「ええ」

「だったら、むしろ君に対して熱心じゃない人のほうがいいかもしれない。僕のところに聞きに来る人たちは、無理な気がするよ」

「そうですか」

廊下で見かけるスタッフたちを思い出すと納得せざるを得なかった。穂邑を見つめる者たちのなかには、熱の籠《こ》もった目をしている者も相当数いたからだ。女もいたが、男もいた。もちろん単にもの珍しそうに見ている人間も当然いた。

「風間先生はどうなの？」

「は？」

「友人として、彼はどうなのかと思ってね。意識もずいぶんと変わったようだし、友人としては考えられないかな。部屋ではどんなふうに過ごしてるの？」

「……友人……いや、それはあり得ないと思います。確かに態度は軟化しましたが、攻撃的だったのが、素《そ》っ気《け》ない態度になっただけですよ。必要なこと以外では話しませんし」

「せっかく同じ年なのに」

「年はあまり関係ないのでは……というか、彼は変に子供っぽいときもあれば、異様に老成してるときもあって、よくわかりません」

ただし後者は滅多に感じることがない。いやそもそも老成というよりは、若々しさのようなものが足りないと言おうか、非常にだるそうに義務的な感じで生きている印象なのだ。つまらなそう、というわけではないのだが、まるでノルマを果たすかのように、黙々と生きている感じがする。

「タイムスケジュールがあって、それをこなしているだけ……というか」

「うーん……まあ、彼は彼で、いろいろとある人だからね。ま、僕から言うことではないから、本人から聞くといいよ」

「そんな日は来ないような気がします」

「わからないよ。あれだけ頑なだった彼が、自分を曲げたんだからね。君と無二の親友になる日だって、来ないとは限らない」

「……想像できません」

親友というもの自体が穂邑にはわからないのだから当然だろう。いま以上に風間との距離が近くなることも考えられない。向こうの態度が軟化したとはいえ、距離が縮まったわけではないのだ。

話しているうちに人の気配のないエリアへと入り、慣れつつある部屋へ到着した。ドアを開けると、キッチンの前に大きめのクーラーボックスと段ボールが置いてあった。

「ああ、届いてる届いてる」

嬉しそうに呟き、野沢はクーラーボックスのふたを開けた。なかには何種類もの食材と調味料がぎっしりと入っていた。

「あの、これは……」

「ケータリングばかりじゃ飽きるだろ？　こっちは調理器具。最低限のものしかないから、揃《そろ》えてもらったんだ」

「料理なさるんですか？」

「するよ。君は？」

「わたしは、まったく。ああでも、子供の頃はよく手伝いをしていました。センターに入る前ですけど」

懐かしい光景が脳裏に浮かんで、思わず目を細める。無償の愛を受け、慈しんでもらった日々が、穏やかによみがえった。

野沢はそんな穂邑に微笑んだ後、調理器具を洗い始めた。

「いいご両親だったんだね」

「ええ」

実の親ではないけれども、とても大事にしてもらった。穂邑という姓ももらった。彼らがいてくれたから、いまの自分があるのは間違いない。

そのまま沈黙が下りたが、水音が会話の代わりとなってそう居心地の悪いものにはならなかった。

やがてぴたりと水音が止まると、野沢が穂邑と同じくらいの高さにある柔和な目元をさらに和らげていった。

「君も料理をしてみるかい？」

「え？」

「覚えておいて損はないよ。レトルトや冷凍食品もどんどんよくはなっているけどね、自分の味というのもいいもんだよ」

「そう……ですね」

これから生活していく上で、身に着けて損はないことだ。いまは衣食住を与えられている身だが、この先もそうだとは限らない。いずれ疑いが完全に晴れ、保護下から出て自立すれば必要となる日も来るかもしれないのだ。

まして教えてくれるのは、亡き養父を思い出させる人だ。彼とキッチンに並んで立つのは楽しそうな気がした。

「じゃあ、早速始めようか。まずは手を洗うこと」

「はい」

腕まくりをしながら洗面所に向かう自分が自然と笑っていたことに、穂邑は鏡を見て初めて気付くこととなった。


友人にどうかと勧められた風間は、相変わらず無駄口を叩くこともなく、ただ同じ空間にいるだけだった。

けっして無口な男でないことは知っているが、部屋で二人きりのときは返事くらいしかしないし、視線が交わることも少ない。仕事中はそれなりにしゃべるが、それは必要に迫られているからだ。

聞こえているのはニュース番組のキャスターとナレーションの声、そして穂邑が流している水の音だけだ。使った食器を洗い終え、手を拭《ふ》いて振り返る。

ニュースは切り替わり、気になる特集が始まった。

「またか」

ぼそりと風間が呟き、どこかうんざりしたようにソファにもたれたが、いやそうに聞こえた割にはチャンネルを変えようともテレビを消そうともしなかった。

隣に座る気もなく、穂邑は椅子に腰かけた。

『再生治療はさまざまな問題を抱えています。なかでも国によるヒーラーの抱え込み、不透明な治療希望者の選別など、これまでうやむやにされてきた重要な問題が、急速に論議され始めました』

よくある切り口の特集だ。この手のものは、毎日どこかの局が、どこかの枠で流している。自然にそうなったのか、誰かが煽《あお》っているのかは不明だが、そのおかげで注目されているセンターが思うように動けないでいるのも確かなので、穂邑にしてみればありがたい流れではある。

特集の内容は、最近活発になったヒーラー関連の論議についてだ。いままで都市伝説の域を出なかったチャージャーの存在が、とある記事によって一気にクローズアップされ、そちらも含めて結構な話題となっているのだ。記事を書いたのはヒーラー関係の取材で有名なジャーナリストであり、過去に彼が書いた記事の質と信頼度の高さは多方面から評価されていたので、チャージャーの記事についてもかなり慎重に扱われた。センターがテレビ局などの取材に対し、「担当者不在のため答えられない」などという主旨の回答を繰り返していることも、信憑性《しんぴょうせい》を高くしていた。

「海外からの横やりがすごいらしいな」

「ここぞとばかりに突いてきましたからね」

「調子のいいことだ」

これまで諸外国はヒーラーについてはほとんど触れてこなかった。そもそも公式には認めていない状態だったし、へたに難癖をつけて、いざというとき——たとえば自国の要人の生命が危機にさらされたときに治療を拒否されることを危惧していたからだ。一種のタブーだったと言ってもいい。だが数ヵ月前、大国の大統領が来日してヒーラーの治療を受けたことで、状況が少し変わった。さらに国内で声高に疑問点が叫ばれるようになったので、機に乗じ、あちこちが弱いところを突こうとしている状態だ。

「人権団体も盛り上がっていますよ」

「いつものことだろ」

「確かに」

「医師会のほうが建設的な意見が多いな。ま、チャンスだから当然か。いや、あえて流れを作ったのか」

きっかけはいくつかあるし、煽っているところも一つではない。件《くだん》のジャーナリストは久慈原たちの仲間でも協力者でもなく、いわゆる一匹狼《いっぴきおおかみ》だという。彼以外のジャーナリスト、新聞あるいは雑誌の記者もさまざまな記事を出しており、流れを作り出している。

最高レベルのヒーラーである世良の本業も、実は医療ジャーナリストだ。彼も過去にいくつかヒーラー関連の記事を書いたというが、自分がまさにそうなのだから白々しいと言うほかはなかった。

「どうなるんでしょうね」

「さぁな。いままでと同じではいられないはずだが、ヒーラーを放し飼いにするのはそう簡単なことじゃない」

「そうですね……放し飼いという言葉は気に入りませんが」

風間は無視してチャンネルを変えた。

別のニュース番組でもヒーラーの問題を取り扱っていて、こちらは切り口が違い、もぐりのヒーラーについてのようだ。

もぐり——つまりセンターの管轄外で治療を行っている者は、全国に何人もいる。一人、あるいは少人数で動いているものがほとんどだが、なかには組織化しているところもあり、さらにそのなかには背後に暴力団などがついているケースもある。問題の一つがここだ。資格を与えてヒーラー個人の判断で活動させた場合、そういった組織に属して反社会的な団体の資金源になることも考えられるからだ。本人の意思でそうする場合もあるだろうし、最悪の場合は脅されるなどして治療をさせられることもあり得る。

「ネックはそれですよね」

センターにとってはヒーラーを縛る体のいい理由だが、実際にそれで守られてきた側面もあるから難しいところだ。

それにしても、久しぶりに風間と仕事以外で話した。互いにテレビを見ながら感想めいた意見を言い合っているだけだから、会話と言えるかどうかわからないが、雰囲気は悪くなかった。

(友人、ねぇ……)

テレビに向けていた目をなにげなく風間のほうへ移すと、思いがけず視線がぶつかった。いつからかは知らないが、穂邑のほうを見ていたようだ。

だが目があった途端にふいと視線はそらされ、風間はまたテレビを見つめた。精悍《せいかん》さの漂う横顔は、いつもと変わらない素っ気なさだった。

「……先にシャワーを使います」

「ああ」

意味もなく気まずくなり、穂邑は席を立った。ちょうどいいタイミングでもあった。

バスルームは毎日使っているが、バスタブに湯を張ることはほとんどなく、大抵がシャワーだけですませてしまう。それはセンターで暮らしていた頃からの習慣だった。センターで与えられていた部屋には一応バスタブもあったが、とても寛《くつろ》ぐような気分になれなかったからだ。

いつものように髪と身体を洗い、久慈原が用意したシャツタイプの寝間着を身に着ける。膝《ひざ》まである長いシャツにゆったりとしたズボンという出《い》で立《た》ちは、まるでどこかの国の民族衣装のようだ。なぜこのセレクトなのかという質問はしていない。用意してもらった身で言うことではないし、そもそも大きな問題でもないからだ。

鏡の前で髪を乾かしながら、穂邑はまじまじと自分の髪を見つめた。

センターに入る前から長かった髪は、十年以上もいまの長さでキープされている。これ以上長いのは手に負えないが、切る理由も見当たらなかったからだ。

もともと大きな理由があって伸ばしたわけではなかった。ただ亡き養母が、穂邑の髪をきれいだと言ってよく梳《す》いていたから、なんとなく切るのをためらっていただけだ。

センターではこの髪について、一部の人間がいろいろと言っていたらしい。なかでも多かったのが願かけをしているというものだった。何度も真相を尋ねられたが、適当に答えていたから願かけが有力候補になってしまったのだが。

「どのみち切らないと……」

前髪も長くなってきたし、そろそろカットしなくてはならない。センターとは違い、ここには理髪店も美容院もないだろうから、自分で切るほかないだろう。まずはハサミを都合してもらわなくては。

ドライヤーのスイッチを切り、髪を結ぶことなく洗面所を出る。リビングではまだ風間がテレビを見ていた。

「お先に」

「ああ」

テレビを消し、外したメガネをテーブルに置いて、風間は穂邑とすれ違うようにしてバスルームへと向かった。

結局視線が絡むことはなかった。

ふと風間のメガネを拾い上げ、覗《のぞ》き込んでみた。外していても支障はなさそうなので、伊《だ》達《て》メガネかと思っていたのだが一応矯正用ではあるらしい。とはいえ度はあまり強くなかったから、かけなくても生活に支障はないのかもしれない。

元の位置にメガネを戻し、小さく息をつく。

初日の握手以来、彼に触れることなく今日まで来た。それは穂邑が意識して触れないようにしてきたからだ。そうでなければ、同じ職場に毎日いて、なにかとものを渡したり受け取ったりするうちに触れてしまう。

「チャージャー……か」

思いがけず知った事実を、穂邑はまだ誰にも言えないでいる。本人には当然、言えない。彼は異能者に対する拒絶が激しかった人間だ。多少緩和されたとはいえ、自分がそうだと知ればまた反応は違うだろう。最悪、その事実を許容できない可能性もある。

本来ならばまず久慈原に報告し、相談すべきなのだろうが、それもまた出来ないでいた。向こうが穂邑を完全に信用していないように、穂邑もまた久慈原を信じ切っていない。どういう人間なのか、見極められずにいるのだ。彼の理念や活動は本物だと思っているが、身近にチャージャーがいると知ったとき、どうするのかはわからなかった。

風間が利用されるようなことがあってはならない。誰よりも信頼している相手に利用されるのは、ひどくつらいだろうから。

(やはりあの男か)

やたらと整った、印象的な男の顔が脳裏に浮かぶ。世良というあの男ならば、悪いようにはしない気がする。一度しか会ったことがないのにそう思えるのは、彼がチャージャーである泉流を手元に置き、その信頼と愛情を勝ち得た事実があるからだろう。

（そもそも誘拐犯だというのにね）

犯罪行為によって泉流を手にした事実は、拉致された本人が現状を歓迎していることで、すっかり水に流されているようだ。泉流の意識が変わったことにより、誘拐は救出になったわけだ。詭弁《きべん》だが、後から聞かされた穂邑にはどうしようもないことだった。

久慈原は世良と交流を持っているが、泉流の件に関しては知らなかったらしい。穂邑の救出を計画するにあたり、打ち明けられたのだという。

普通に考えたら、久慈原のほうが信用できるはずだ。出来ないのはなぜか、穂邑にも理由がよくわかっていなかった。

（どうしてだろう……）

久慈原に対して苦手意識はないし、なにからなにまで世話になっている人だ。現在の穂邑にとっては庇護者《ひごしゃ》でもある。そういう意味では、なにひとつ疑ってはいない。ならばどうして風間のことは言えないのか。

ソファに身体を預けて目を閉じ、深く考えてみる。

不信感というほどのものでもないはずなのに、こうしてためらっているのは、引っかかるものがあるからだ。

（あの二人の、妙な空気か……？）

二人が顔を揃えているところは初日しか見ていないが、思えば野沢たちとは違う空気が流れていたようだった。少なくとも風間と久慈原の関係は対等なものではなく、ほかの協力者とは違う。野沢たちは病院での立場は別にして、協力者としては同じ位置にいるように思えるのだ。それは単純に年齢の問題ではないだろう。

協力ではなく、服従。そんな言葉が自然と浮かぶ。服従が言い過ぎとしても、風間が久慈原に逆らおうとしないのは確かだ。

穂邑が彼の秘密を打ち明けられないのは、そのあたりを気にしてしまうからだった。もしも久慈原が風間を利用しようと考え、彼に命じるようなことがあったら――。それでも風間は断らない気がするのだ。

(泉流に連絡を取って、あの男に……いや、通信はだめだ。直接でないと……)

世良はときどきこの病院を訪れ、密《ひそ》かに治療を行っていると聞いたが、それがいつなのかは知らされていない。

勉強のためと言えば、立ち会わせてくれるだろうか。聡《さと》そうな久慈原をうまくごまかせるかが問題だ。

(二人きりになれるとは限らないし……。ああでも泉流のことでと言えば、なんとかなりそうな気もする……)

とにかく来てもらわないことにはどうにもならないのだ。明日にでも直接か、野沢を通して治療の立ち会いの件は伝えよう。

そんなことをつらつらと思っているうちに、意識は吸い込まれるようにして沈んでいく。身体が動かないことを自覚したのを最後に、穂邑はふっと眠りの淵《ふち》に落ちていった。


目を覚ましたとき、穂邑はいつものように奥のベッドにいた。隣のベッドを使う人間はローテーションで変わるが、ここへ来てからずっと穂邑は奥を使っている。むくりと起き上がり、すでに空となったベッドに目をやった。

(いつの間に……)

記憶が確かならば、昨夜はソファで意識を失ったはずだ。自覚していた以上に疲れが溜まっていたらしい。たとえうたた寝をしても、しばらくすれば目を覚ますと思って睡魔に身を任せたという記憶がある。

自分でベッドに入った覚えはなかった。寝ぼけてそれをやった可能性もゼロではないが、別の可能性を示す証拠がある。

(また回復してる)

ヒーラーにしかわからない、この感覚。具体的な説明は難しいが、昨日までとは違うのがわかるのだ。もちろん全回復などはしていないが、変化は間違いなかった。

つまり風間が触れたとしか思えない。ヒーラーはチャージャーに触れただけで、取ろうと思わなくても力を吸収してしまうし、無意識下で行うことなので眠っていようが起きていようが関係ない。力の放出――つまり治療に関してはコントロールできるのに、吸収に関しては無理なのだ。

(意外と人がいい……)

放っておくほど薄情ではないだろうが、せいぜい起こすとか毛布の一枚でもかけておく程度だと思っていた。

友人は無理でも、気を遣わなくてもいい同僚くらいにはなれそうな気がしてきた。

穂邑はわずかに微笑むと、身支度を整えてリビングへ顔を出した。

「おはようございます」

「ああ」

トーストをかじっていた風間は、顔を上げることもなくぼそりと言うと、湯気の立つマグカップを手にした。

「あの、昨夜はありがとうございました」

「……なにが」

「ベッドに運んでくださったみたいで……」

「違う」

間髪を入れずに言われ、穂邑は目を瞠る。

こうも強く否定されるとは思っていなかった。苛立ったようにカップを置かれてしまうと、なにも言えなくなってしまう。風間が急にテレビをつけるのも、これ以上の会話を拒んでいるようにしか思えない。

場違いなほど賑やかな音があふれ出したが、朝からやけに高いテンションはかえって場をしらけさせていた。

「あの……なにか変なことを言ったか、したか……しました？」

「別に」

とりつく島もないとはこのことだ。積極的に話はしないが、挨拶のときくらいは目をあわせるようになっていた風間が、急にまた拒絶を示している。

「……そうですか」

納得はできないが、これ以上しつこく問いかけるのは憚られる。穂邑は小さく嘆息し、自分のコーヒーをカップに注ぐためにキッチンに立った。

パンを焼く気にはなれない。ここへ来てからは朝食を取るように心がけていたのだが、今朝はとても無理だった。

気まずい雰囲気のままそれぞれの時間を過ごし、無言のまま病理科へと向かった。相変わらず人に見られるが、最初の頃と比べると数は減った。

「おはようございます」

すでに来ていた野沢に挨拶すると、一瞬怪訝そうな顔をされたが、すぐに笑顔で挨拶を返された。

「おはよう。早速だけど、これね」

検査を求められている組織片は、昨夜運び込まれた患者のものだという。交通事故だったのだが幸い軽傷ですみ、通院でよさそうだと安心したのもつかの間、担当医が皮膚の異常に気付いたらしい。悪性の腫瘍《しゅよう》である可能性が高いというわけだった。

「穂邑くんは診断書をまとめて」

「はい」

この数週間でずいぶんと仕事には慣れた。穂邑はまだ検査をさせてもらえず、専ら結果を見やすい形でまとめるばかりだが、案外こういった作業は向いていたのだと気付かされた。

パソコンの前に向かおうとすると、野沢にぽんと腕のあたりを叩かれた。

「なにか?」

「少し元気ないみたいだけど、大丈夫?」

「そんなことはないですよ」

無理に笑みを作ったところで通用するとは思えないが、こう言えば引き下がる男だということはわかっている。事実、野沢は仕方なさそうに苦笑し、もう一度軽く腕のあたりを叩いて作業に戻っていった。

思わずこっそりと溜め息をついた。

機微に聡い人だ。そういうところも亡き養父に似ていて、やりづらい反面嬉しくなるのだから始末に負えない。

(わたしは落ち込んでいたのか……)

原因はひとつしかない。今朝の風間とのやりとり——というよりも、風間の態度以外にあり得なかった。

あれはどう考えても不自然な態度だった。ああまで強く否定されると、本当はなにかあったのではないかと疑いたくもなる。一瞬触れただけというには穂邑の力は回復しすぎているが、延々と触れていたというわけでもない。

チャージャーがその力をヒーラーに移すには、ある程度の時間が必要だ。この回復具合なら、少なくとも数分は触れていたのではないだろうか。

ただ運ぶだけでこうはならない。本当になにがあったのか。

ちらりと風間を盗み見るが、その横顔は硬いままだった。仕事に集中しているときの表情とはまた違う、もっと感情的なものを含むそれは、あからさまに穂邑を拒んでいるように思えた。

(どうしてわたしが振りまわされなきゃならない)

ぷいっと視線を外し、穂邑は診断書をまとめていく。

そんな穂邑と風間を困ったように見つめる目には、どちらも気付くことがないまま、淡々と一日は過ぎていった。


感じたことのない気まずさのなかで、一日の仕事が終わった。組織片や細胞は次から次へと持ち込まれ、同じ数だけの診断書が送り返されていく。

「切りのいいところで、上がって」

野沢がいなかったら、きっと息が詰まっていただろう。それくらいに今日の風間は態度がよろしくなかった。もちろん穂邑に対してだけであり、野沢にはいつも通りの礼儀正しさだった。

さすがに滅入る。目を閉じてじっとしていると、ふいに内線が鳴り、すぐさま対応した野沢の声が聞こえてきた。

「ああ……はい、終わりましたよ。あー、はいはい。わかりました、いま代わりますね」

野沢は穂邑を見ながら話しているし、彼の口ぶりから久慈原だということはわかる。だが用件は見当がつかなかった。

視線で呼ばれたので、受話器を受け取りに席を立った。穂邑のいるデスクには電話がないし、扱っているパソコンも外へは発信できないように制限されたものなのだ。

用件はなんだろうと思いながら出ると、歯切れのいい久慈原の声が聞こえてきた。

『実は、ちょっと前に世良くんから電話があってね。話が終わったら仲越くんに代わるから、こちらは穂邑くんを……と頼まれたんだよ』

「あ、はい。お手数をおかけしてすみません」

『いや、君の行動に制限をかけているのはこちらだからね。いま、切り替えるよ。向こうはもうスタンバイしているはずだ。じゃ、ごゆっくり』

その次の瞬間、電話の向こうから涼やかな声が聞こえてきた。

『もしもし穂邑さん？』

「はい。そちらはどうですか？　変わりありませんか？」

身体と精神の健康状態、そして彼を取り巻く情勢、すべてを含んだ問いかけに、泉流は明るい声で言った。

『変わらないよ。穂邑さんこそ、大丈夫？　元気だってことは、院長先生……あ、副院長だっけ、あの人が世良さんに教えてくれてるんだけど』

「元気ですよ。体調は以前よりいいくらいです」

センターにいる頃は常に気を張っていたらしく、隠れて生活している現在のほうが、よほどリラックスできている。体調がいいのも本当だった。

『よかった。全然連絡くれないから、とうとう我慢できなくなっちゃったよ。疲れて電話する余裕もないのかなとか思ってさ』

「すみません。ちょうどわたしも連絡しようと思っていたんですよ」

『えー、ほんとかなー』

笑いながら言われて、思わず頬《ほお》が緩む。

泉流とのあいだに流れる空気さえ以前より和やかなものになった。センターでは、たとえそれぞれの居住空間にいてさえ、誰に聞かれているかわからないという緊張感があったものだ。いまだって風間と野沢、ことによると久慈原に聞かれているのかもしれないが、それとは違い、支配を伴う監視というプレッシャーがあったのだ。

『仕事してるんだってね』

「ええ、お手伝い程度のことですが」

『それでもすごいよ。俺なんて、最近やっと料理始めたくらいだもん』

「あ、料理はわたしもしていますよ。凝ったものは無理ですけど」

『マジで？　わ、なんか想像すると、いいよね。穂邑さんが料理してるとこ』

「は……？」

本気で意味が理解できず、怪訝そうな顔と声になってしまった。そして深く尋ねることも、なんとなく憚られた。

とりあえずわかったことは、泉流が表立って活動してはいないということだ。もしかすると手伝いくらいはしているのかもしれないが、外へ出て取材活動などをしているわけではないらしい。

ほっとしながらも、穂邑は自分の目的を思い出し、どうやって切り出そうかと考えた。風間たちに聞かれている状態で突っ込んだ話をすることはできない。だがなんとかして、伝えることはできないだろうか。あるいは泉流とともに、世良を呼び寄せるか。それが無理でも泉流に伝言を頼むか。

『穂邑さん？』

「あ……はい。あの、泉流はこれから夕食の支度でもするんですか？」

『今日はしない。なんか、寿司食べたいとか言い出して、ついさっき買いに行ったし』

「ああ……それじゃ、いま世良さんはいないんですね」

『うん』

当てが外れたことは残念だが、機会はまたあるだろう。そのときまでに、上手《うま》い伝え方を考えておけばいい。

「でしたら、よろしく伝えておいてください。機会があったら、また一緒に来てくれると嬉しいんですが……」

『うん、行く行く。っていっても、いつになるかはわからないけどね。あんまり勝手なこと言えないし』

「ええ」

『穂邑さんも早く外へ出られるようになるといいね』

「気長に待ちます。センターにいるときよりも気分的に楽ですしね」

『あ、わかる。空気が重かったもんな、あそこ。俺もさ、誘拐されたってのに、すげー気楽に暮らしてたもん。センターにいるときよりノビノビしてたよ』

どうやら考えていた以上に快適にやっていたようだ。もともと柔軟で適応力も高い泉流だからこそかもしれないが。

あらためてセンターの息苦しさを確認しあってから、短い挨拶をして通話を終えた。久慈原がふたたび出てくることもなく、回線はそのまま切れたことに、少しほっとした。会話を聞かれていないとは限らないが、少なくとも話を終えた直後に出てこられるよりはいい。

受話器を戻して野沢に礼を言った。近くにはいたが、おそらく泉流の声までは聞こえていなかっただろう。

「長々とすみません」

「とんでもない。息抜きも大事だろう？　特に、君の置かれてる立場ではね」

「お気遣いありがとうございます」

「いやいや、いいものを見せてもらったから」

「はい？」

意味ありげに笑う野沢を見つめ、穂邑は首を傾げる。なにを言わんとしているのか、よくわからなかった。

「思ってたより表情が豊かなんだね。やっぱり親しい相手だと、違うのかな」

「あ……ええと、そんなに顔に出ていましたか？」

「うん。センターで仲良かったんだって？」

「弟のように思ってる子なんです。あの子が入ってきた頃に、わたしが世話係をしていたこともあって……」

詳しく言えないことも多いが、泉流のことをそう思っているのは事実だ。身内意識というものは、いまのところ泉流にしか抱いていない。だから顔に出ていたと言われても不思議ではなかった。

「なるほど、それでか。まぁ、顔に出ていたと言っても、彼ほどではないけどね」

小声で付け足した野沢の視線は、ほんの一瞬だけ風間のほうへと向いた。当の本人には気付かれないようにしたのだ。

確かに風間はわかりやすい。野沢もそう思っていたらしい。

「さて、じゃあ僕はこれで上がらせてもらうよ。お先に」

「はい。お疲れさまでした」

電話の最中から片付けをしていた野沢は、話しながらも帰り支度を整えていて、すでにバッグに手をかけている。

「悪いね、風間先生」

「いえ」

本来ならば、今日の当番は外科の堀だったのだが、緊急のオペが入ったために風間が連続で泊まり込むことになった。野沢は一人娘の誕生日だと以前から言っていたので、頼まれる前に風間が自ら言い出したのだ。こういうことは初めてではなかった。独り身で、かつ病院の敷地内にある寮で生活している風間に当番がまわりやすいのは自然なことなのだ。

「じゃ、また明日」

軽い足取りの野沢を見送り、穂邑もパソコンの電源を落としたあと、軽く室内を掃除した。定期的に清掃は入るものの、手をつけて欲しくない場所やものもあるので、細かい部分は自分たちの仕事になる。

そのあいだに風間は顕微鏡の前から離れ、手を洗ってスタッフルームへ行ってしまった。一言もなかった。

どうやら相変わらず機嫌が悪いらしい。もともと愛想はよくないが、それでも仕事終わりの合図になにか言ったりはしていたのだ。野沢がいない状況も何度かあったが、こんなことは初めてだった。

穂邑もスタッフルームへ行き、白衣を脱いでふと息をついた。

機嫌の悪い風間と明日の朝まで一緒にいなければいけないのかと思うと、少しばかり気が重い。怖くはないし、気を遣うつもりもないが、やはり空気は悪いよりもいいほうが望ましいに決まっている。

喉《のど》の渇きを癒そうとして、急に思い出した。今日の夕食は、もともと堀との予定だったので、穂邑が作るつもりでいたのだ。前回、野沢から料理を教わっていると言ったら、今度作ってみてくれと言われたからだった。

「……今日はケータリングを頼んでいないので、買っていきましょう」

いまからでは間に合わないし、院内には軽い食事が取れるカフェテリアもあるのだが、外部の人間も食べに来る場所なので現在の穂邑は利用できない。そうなると売店――コンビニのようなところで、弁当なり総菜なりを買うしかなかった。

風間はようやく穂邑を見て、怪訝そうな顔をした。

「頼んでない？」

「今日は堀先生の当番でしたから、作ることになっていたんです」

「……堀先生が？」

「いえ、わたしが」

答えると、なぜか風間はムッとした。ただでさえ機嫌が悪かったのに、さらにまた悪くなったように見えた。

「だったらそれでいいだろうが」

「ですが……」

「堀先生には作れて、俺には作れないのか」

「そんなこと言ってないでしょう。あなたのほうが、わたしの作ったものなど食べたくないだろうってことです」

「いつ俺がそんなことを言った」

「言ってませんけど、そうだろうと思うじゃないですか」

普通、嫌忌している人間の作ったものなど食べたくはないだろう。握手や言葉を交わすよりもハードルは高いはずだ。

だが風間はそう思われたことが腹立たしいようだった。

「勝手に決めつけるな」

「あなたの態度がそうさせるんです。あなたに手料理なんて出したら、ゴミでも見るような目をされそうじゃないですか」

口調こそ激しくないが、すっかり互いにケンカ腰だった。穂邑のほうにも多少の鬱憤はあったのだ。朝から風間にこの態度でいられたのだから仕方ないだろう。

風間は苦虫を噛みつぶしたような顔をした後、はぁと大きく溜め息をついた。

「おまえのなかで俺はどういう人間なんだ」

「自分の価値観でガチガチに凝り固まった潔癖症の気むずかしい男、ですね」

「おい……」

メガネの向こうで、切れ長の目がすっと細められた。

はっきりと言い過ぎたかと思ったが、風間だってさんざん好きなことを口走ってくれたのだから、いまさら穂邑が遠慮することもない。

怒るかと思っていたが、予想に反して返ってきたのはさらなる溜め息だった。

「言っておくが潔癖症じゃない。認識をあらためろ」

「ほかは認めるんですね」

「自己分析くらいは出来てる」

バタンとロッカーを閉じ、風間は腕を組んでそこにもたれた。穂邑の支度が終わるのを待っているのだ。といっても荷物があるわけではないので、脱いだ白衣をハンガーにかけ、靴を履き替えるくらいなのだが。

「ご自分をわかっていらっしゃるのに、改善しようとは思わないんですか?」

「特に支障がないんでな」

「あるでしょう。明らかに人間関係で」

穂邑がここへ来て数週間が経過してるが、いまだに風間が野沢や久慈原以外とコミュニケーションを取っているところを見たことがない。もう一人の協力者である堀に対してさえ、事務的な会話しか交わさないし、ほかのスタッフはそれ以上にひどい。用事のある相手が一方的にしゃべり、それに対して風間は頷くとか、短い言葉で問いかけるのがせいぜいだった。当然にこりともしない。

だが当の本人に言わせると違うらしい。

「それはコミュニケーション能力の欠如が原因であって、性格そのものはさして影響していないはずだ」

「してますよ、なに言ってるんですか。性格が無関係なわけないでしょう」

「どんな性格でも、表面上を取り繕えばそれなりの人間関係は作れるぞ。俺はそれをしないだけだ」

「偏屈にもほどがありますね」

おまけに口だけは達者なのだから始末に負えない。普段しゃべらないのは無口なのではなく、面倒だからなのだ。

並んで部屋まで戻るあいだに、穂邑はふと気がついた。とりあえず風間の不機嫌は改善されたようだ。穂邑があまりにもはっきり言ったので、衝撃でいろいろと吹き飛んだのかもしれない。

「あ、店に寄らないと」

「だからいいって話になっただろうが」

「なってませんよ。途中からあなたの話になったじゃないですか」

「それくらい察しろ。おまえも大概、融通がきかないな。予定通り作ればいいだろう」

「あなたにだけは言われたくないし、作れとか命令されたくもありません」

「命令じゃない。提案だ。材料はあるんだろ？　おまえがどんなものを作るのか、興味があるしな」

足を止めることなく進むうち、特別エリアに到達してしまう。戻って買うくらいは大した手間ではないが、買う買わないでまた言い合いになるのは面倒だ。

穂邑はやれやれと溜め息をつく。

「わかりました。その代わり、文句は言わないでください。まだ初心者なんですから」

「別に期待なんぞしていない」

「ああ、そうですか」

「それに自分が出来ないことで、他人に文句をつける気もないしな。金を取るとかいうならともかく」

「なるほど……」

意外な言葉に感心しつつ、穂邑は風間とともに部屋へ戻った。

どうやら風間自身は料理をしないようだが興味はあるようで、材料を取り出す穂邑の手元をじっと見ている。そのうち飽きるだろうと思って放置していたが、おおよその材料を切って下ごしらえを終える頃になっても、壁にもたれての見学は続いていた。

正直、気が散る。野沢に教えられながらの作業とは違い、ただ見られているというのはどうにも居心地が悪かった。

「毒なんて入れませんよ」

「当たり前だ、入れる理由がない。見てることに意味はないから、気にするな」

「意味がないなら、あっちで待っててください」

「見るくらい、いいだろうが」

「そんなにヒマなら……そうだ、そんなところで突っ立っているなら手伝ってください。ジャガイモの芽を取るんです。いやならあっちで……」

「わかった」

あっさりと返事をし、風間は壁から離れた。難色を示すのを前提に、だったら向こうで待っていろと続けるつもりだった穂邑にしてみれば、呆気《あっけ》にとられてしまうほどの快諾だった。心なしか楽しそうにも見えた。

「や……やるんですか?」

「手伝えと言ったのはおまえだろう。どうやるんだ?」

すでに皮を剝《む》いたジャガイモを手に取り、風間は物珍しげに眺めている。穂邑が一向に動かないでいると、やがて怪訝そうに眉をひそめた。

はっと我に返り、包丁を手に芽をいくつか取ってみせた。最低限のものしかないので、専用の器具などはないのだ。

それにしても、この男と並んでキッチンに立つ日が来るとは思ってもいなかった。それくらいには向こうも受け入れているのだろうと思うと、少し嬉しかったが。

「なるほど、わかった」

よこせと言わんばかりに手を出され、穂邑は慎重に包丁を渡した。刃物だからと考慮したわけだが、その際に思いがけずに指先が触れてしまい、一瞬のあいだにわずかとはいえ力が流れ込んできた。

やはり間違いない。風間はチャージャーだ。ここまで来たら疑いようもなかった。

(言ってしまっても……いや、危険か)

言うかどうかは風間の人となりをよく知る久慈原に相談してからのほうがいいし、その前に世良に話して久慈原が信頼に足る人物かどうかの確信を得たい。

ひそかにそんなことを考えながら、鍋にバターを入れて溶かしていると、隣から息を飲む気配がした。

思わず目を向けると、風間が顔をしかめていて、その視線は自分の指先へと向かっていた。

包丁を持った手の、親指の腹から血が出ているのが見えた。

「もう切ったんですかっ？」

作業に取りかかってまだ三十秒とたっていない。やるだろうとは思っていたが、こんなに早く、しかも包丁を持ったほうの手を切るという不器用さを発揮してくれるとは思わなかった。いや、むしろ器用なのかもしれない。

「切れ味がいいいな……」

「なに感心してるんです」

動こうとしない風間の代わりに、穂邑はいったんコンロの火を落とし、絆創膏《ばんそうこう》を取り出して指に貼り付けた。もちろん包丁を取り上げることは忘れなかった。

触れた際に指先からまた力が流れ込んできたが、風間はまったく気付く様子はなかった。

「それで、どうして右手を切ったりするんですか」

「皮が包丁の側面についていたんでな、親指の腹で取ろうとしたら刃に触れた。思ったより切れる」

「いちいち取らなくても作業は出来るでしょうに」

「気になるものは仕方ないだろう」

ムッとして言い返したきり、風間は黙り込んでしまった。自分でも馬鹿なことをしたという自覚はあるのかもしれない。

「器用なんだか不器用なんだか」

「客観的に見て手先は器用じゃないな。そのせいで外科は無理だと言われたくらいだ」

「そうなんですか？　てっきり性格的な問題だと思ってました」

正直に告げると、風間はおもしろくなさそうに小さく舌打ちした。だが機嫌が悪くなったわけではなかった。

予想外なところで不機嫌になるかと思えば、こういうときは平気なのだから、風間のツボはよくわからない。

「学生の頃に言われたんだよ。口の悪い教授で、患者を殺したくなかったら外科医はやめろってな」

「いやでも、そこはなんとかなったんじゃないですか？　もし改善されなくても、勤まる分野はあったのでは……」

「プラス、コミュニケーション能力の欠如だ」

「……ああ」

「無理してまで外科医になりたいとは思ってなかったからな。極端な話、医療従事者であればなんでもよかったんだ」

風間はふたたびジャガイモの芽を取り始めた。傷は浅く、そう痛みはないようで、今度は慎重に作業しているようだから、このまま任せてしまうことにした。

「どうしてそうまでして医療系にこだわったんです？」

溶けたバターに小麦粉を加えながら、さりげなく問いを向ける。普段だったら口をつぐみそうな話だが、いまならば答えてくれそうな気がした。

思った通り、答えはあっさり返ってきた。

「久慈原家への、恩返しだな」

「は？」

「聞いてないか？　久慈原先生と俺は腹違いの兄弟だ」

「え……ええっ？」

衝撃的なことをずいぶん簡単に言ってくれた男は、ちらっと穂邑の顔を見ただけで、すぐに作業に戻った。

「し……知りませんでした……」

まじまじと風間の顔を見つめ、驚くと同時に納得もした。彼と久慈原のあいだに流れる空気に不思議なものを感じたのはこのせいなのだろう。協力者たちのなかで風間だけが若く経験も乏しく、かつ理念に共感していないのに頭数に入っていたのは、異母弟という特別な立場だったからなのだ。

「それにしてもまったく似てませんね……」

「あの人は母親似なんだ。俺はやたらと父親に似てるらしい」

「らしい、って」

「何回か会ったらしいが、よく覚えてない。最後に会ったのは五つだか六つの頃だからな。写真でたまに見るくらいだが、正直自分じゃそれほど似てると思ってない」

ただ周囲の者たちが口を揃えてそっくりだと言うらしく、風間はいくぶん辟易《へきえき》しているようだった。

「それはわたしに話していいことなんですか?」

「隠してるわけじゃないからな。ま、公然の秘密ってやつだ。俺の顔じゃ隠しようがないらしいし、久慈原先生も院長も……ああ、ようするに死んだ父親の奥さんだな。あの人も訊《き》かれれば言ってるぞ」

「え……」

まだ会ったことのない院長は、実際には肩書きだけで経営にも医療にも関わっていないという。もともと医者ではあったのだが、夫亡き後に院長となり、数年前に久慈原に実権を譲った後は、孫を育てることに専念してきたと聞いた。離婚した久慈原の、二人の子供を母親代わりに面倒見ているのだ。

「院長に会ったことは?」

「ありません」

「そうか。なんというか……剛胆な人でな。あの人からすれば、俺は夫が浮気して作った子供だ。普通は疎ましい存在のはずだろう？　しかも俺たちの父親は、婿《むこ》養子だったんだ。ようするに逆玉ってやつだな。どういう神経なんだと、正直思う」

「それは……」

言うべきことが見つからず、穂邑はひたすら木べらを動かした。だが手元に集中することは出来ない。風間の話が気になって仕方なかった。

「女癖は最悪だったらしいが、経営者としては優秀だったらしい。この病院をいまの規模にしたのは、父親だからな。院長もそのあたりを割り切って考えてたのかもしれない」

そう言いつつも、正確なことは本人じゃないからわからない、と続けた。院長――久慈原静子《しずこ》という女性のことを、風間はとても好意的に話す。淡々と語っているようにも思えるが、いい感情を抱いていることは間違いないだろう。

「俺の存在を知ったときも、きちんと責任を取れと言ったそうだ。すでに久慈原先生は中学生だったからな、当時のこともよく覚えてるらしい」

姓こそ母方のものだが、認知もされているし、充分な援助を受けた。父親が亡くなってからも変わることはなく、風間は大学まで出してもらったという。実の母親は高校生のときに亡くなったが、この病院で最後まで手厚い治療を受けたそうだ。そんな風間が医者を目指したのは自然なことだったのだろう。

「母親が死んだ後、俺はちょっと荒れた時期があって……院長が保護者になってくれてたんだが、かなり迷惑をかけた」

「荒れたというのは、つまりグレたんですか？」

現在の風間からはとても想像できなくて、穂邑は目を丸くした。

「グレたというか、まぁいわゆる家出だな。夏休みを挟んで、二ヵ月ちょっと音信不通だった時期があった。いろいろと頭のなかがぐちゃぐちゃで、なにも考えたくなかったんだろうな。ようするに逃げてたんだ」

「二ヵ月もどこでなにをしてたんです？」

「そこらのガキと一緒だ。夜の町をふらふらして……なにをしたってこともないな。なにもしてなかった」

「寝泊まりはどうしてたんですか。まさか路上や公園で寝てたわけじゃないでしょう？」

「公園で寝たこともあったぞ」

「……それ以外は？」

「物好きが結構いて、歩いていれば声がかかった」

「それって……」

我知らず目をすがめてしまったが、それ以上風間はなにも言わなかった。

性格や態度はともかく、この容姿だ。高校生のときにはある程度完成されていたとするなら、確かに歩いているだけで声はかかるだろう。

「念のために伺いますけど、ただの親切……ではないですよね？」

「大抵は見返りが必要だったな」

「ようするに、あなた自身ですか」

「ほとんどがセックスで、たまに気持ちも要求された。俺が高校生だと言うと驚いて、焦り出したりして……滑稽《こっけい》だったな」

淡々とした答えに溜め息をつきたくなる。

まさかそんな過去があるとは思ってもいなかった。四角四面で、色恋沙汰《ざた》にはいっさいの興味がなく、人間嫌いの社会不適応者——くらいに思っていたからだ。へたをすれば童貞なんじゃないかと疑っていたくらいだ。

「見る目がない……」

「は？」

「あなたという人を、誤解していたようです。というか、高校生の時点でそんな自堕落な生活を送っていたくせに、よくわたしのことをとやかく言えましたね」

誰彼なく誘うだなんて、そもそもが言いがかりだか、もし事実だとしても風間に咎められることではないだろう。誘われるままどこの誰とも知らない相手と寝ていたなんて、荒《すさ》んでいるもいいところだ。

「そう見えたものは仕方ないだろう」

「仕方ないですませないでください。それより、二ヵ月といいましたよね。我に返って自分で戻ったんですか、それとも見つかって連れ戻された？」

「どっちでもない。刺されて担ぎ込まれたのが、ここだった」

「は……」

「俺を誘ってきた女の彼氏とやらが逆上して、脇腹をな。目が覚めたら久慈原先生と院長がいて、退院するまで毎日説教された。さすがに懲りたな」

刺されたことがどうでもいいと思えるくらいに、精神的に参ったそうだ。二人ともヒマさえあれば病室に来ては、風間の愚かな行いと浅い考えを笑顔で糾弾し、優しく脅していったという。

そういえば昔担ぎ込まれてきたと久慈原が言っていたような気がする。あれはこのことだったのか。

「心配してくれてたことも、俺に期待してくれてることも、いやってほどわかったからな。どうにかしてあの人たちの役に立ちたいと思って医者になったんだが……なかなかうまくいかないな」

「わたしが言うのもなんですが、医者になってまだ何年もたってませんよね。これからいくらでも機会はあるんじゃないですか」

病理医の認知度は、昔と比べて大幅に上がり、全国的に人数も増えている。いまではある程度の規模の病院には必ずいるし、複数いることも珍しくはないのだ。そして正確な診断が下せることは、患者にとって重要なことであり、充分に病院の売りになる。もちろんただ検査をすればいいということではなく、現場の医師との意思疎通が重要になってくることは風間も承知しているだろう。いまのところは野沢がその役割を一手に引き受けているが、いつまでもそれではいけないはずなのだ。

「そう……だな」

「目上の人に対しては態度もそこそこまともなんですから、大丈夫ですよ。大抵は電話越しですし、感情が顔に出るのはごまかせます」

「直接話したらトラブルになるとでも言いたげだな」

「その通りです。あなた、無駄に威圧感があるんですよ。図体は大きいし、普通にしてても睨んでいるように見えるときもあるし」

「目つきが悪いのは、もともとだ」

「もともと、ではないと思いますけどね」

切れ長で少し吊《つ》り気味の目ではあるが、それ自体が目つきの悪さになっているわけではない。感情が乗るからこそだろう。

穂邑の目には、風間が始終まわりを威嚇しているように見えた。プライドの高そうな彼に、それを言うつもりはなかったが。

「……おまえなら、そつなくコミュニケーションが取れるんだろうな」

「毎日、治療希望者の方たちと会っていましたからね。それなりに大変でしたよ。基本的に切羽詰まっている方ばかりでしたから」

泣かれ、縋《すが》られることは、毎日のようにあった。だが穂邑にはなんの権限もない。彼らに会って話を聞き、それをまとめて上へ提出するだけだったのだ。誰が治療を受けるのかということも、担当にならなければ知ることもなかった。

「センターには何歳のときに入ったんだ？」

「十三のときです。ヒーラーだとわかったのと、ほぼ同時ですよ。わたしのデータは与えられていませんか？」

「もらったが、ろくに見てない」

悪びれるふうもない言い方に、思わず笑ってしまった。

「少しは見たんですか」

「年齢くらいはな」

後は関係ないという判断だったようだ。生い立ちや経歴を見たところで、接する態度が変わるわけでもないし、深く関わる気もなかったからだという。

その説明を聞いて、さらに笑った。

「あなたらしいというか……変なところで慎重なくせに、適当ですよね」

「余計なお世話だ。実際に会って、しばらく近くにいれば、だいたいはわかることだろう。たとえば、おまえに家族はいないとかな」

「そうですね。センターに入る少し前に、養父母を亡くしました」

「養父母……？」

「ええ。本当の両親については、名前もなにもわかりません。物心がついたときには、すでに養父母の元にいたし、実の子のように育ててもらいましたから、亡くなるまで自分が養子だということも知りませんでした」

似ていないと感じたこともなかった。偶然か、あるいは似ていたから養子にと望まれたのか、穂邑は養母に似ていたのだ。そっくりというほどではなかったが、親子関係を疑われるようなこともなかった。

事故で二人が揃って亡くなると、それまで会ったこともなかった親戚が現れ、養子の穂邑に難癖をつけてきた。幸いなことに、弁護士が穂邑の身も遺産も守ってくれたが、引き取ってくれる者がいなかったため、センターに入ることになったのだ。ちょうどその頃に、穂邑の力が出現したからだ。

「その後は特になにもなかったですよ。ヒーラーとして治療に関わりながら医学を……センターのなかに教育機関があるので、そこで学んで……つい先日まで、諾々と言われたことだけをしていました」

いささか投げやりな言い方になってしまったが、従順な人形だったことを後悔しているのだから仕方ない。もっとも反抗的な対応を始めた途端に切り捨てられそうになったのだから、従順だったおかげでこの年まで無事でいられたと納得するべきかもしれないが。

「消されかけたんだったな」

「そこまで深刻な話ではなかったと思いますが……まぁ、社会的には消されたかもしれませんね」

もともと自由などなきに等しかったが、センター内ではそこそこあったそれも奪われていた可能性は高い。世良たちが動いてくれなかったら、二度とセンターから出られなかったかもしれないのだ。

「わたしをセンターから出してくださった人たちのことはご存じですか？」

「面識はない。そのうちの一人がヒーラーだという話を聞いたくらいだな。そいつがうちで治療もしているんだろ？」

「そうです。わたしとは比べものにならない力を持っている彼です。しかもその力で、無償の治療をしているんです」

その噂は以前から聞いていたが、まさかその人物が泉流を攫《さら》うなど考えもしなかった。しかも繋がりが出来たいま、無償の噂が真実であることも知った。そしてときおりこの病院を訪れ、久慈原たちの協力の下にひそかに治療を行っているのだ。手術や投薬では回復が困難な患者に対し、その検査結果を伝える前に本人にもわからないように再生治療を施し、在来治療で完治可能な状態にするのだ。なぜそんな面倒なことをしているかといえば、患者のなかにはヒーラーによる治療を拒否する者がいるからだった。それは風間が抱いている嫌悪感と同じで、得体の知れないものを受け入れられないという意識だという。

穂邑はまだそういった患者に直接会ったことはない。受け入れられない人たちがいるという話は聞いていたが、センターにいた頃はただの情報でしかなかった。穂邑たちヒーラーは、より強い力を求められていたし、訪れる患者はヒーラー治療を望む人たちばかりだった。だがここへ来てから、ヒーラーだからとマイナスの感情をぶつけられ、治療を拒む患者が多数いるという実情を具体的に知った。

「ここでの治療については、どのあたりまでご存じなんですか?」

「多くは知らないな。立ち会ったこともない」

「あなたご自身はどう思ってるんです?」

問いかけると、風間は少し考えてから言った。

「……本人が拒んだ治療を勝手にやるのは、どうかとは思うが……」

「再生治療を拒む患者さんの気持ち、あなたならわかりますか?」

「わかるな」

今度は即答だった。

「では、もしあなたがその立場になったときは、ヒーラーの治療を拒むんですか？　あなたなら、優先的に彼の……わたしが知る限り一番能力の高いヒーラーに治療してもらえるはずですけど」

万が一そうなったら、久慈原はなんとしても世良に治療をさせるだろう。兄弟としての情がどれだけあるのかは不明だが、自らの協力者であり部下でもある風間を、みすみす死なせることはないはずだ。

風間は手を止めて、しばらく考えこんでいたが、やがてふっと息をついた。

「正直言って、わからない。前なら拒んだかもしれないが……さすがに死にたいとは思わないからな」

「死ぬよりは、治療を受け入れる？」

「そのときになってみなければわからないが……そうだな、おまえの治療だったら、受けるかもしれない」

「え……」

穂邑は目を瞠り、呆気にとられて風間を見つめた。

視線を受けても風間は気にした様子もなく作業を続けていた。特別なことを言ったという雰囲気はなかった。

いつまでも見つめていることに抵抗を感じ、穂邑は無理に視線を外した。

深く追及する気はなかった。見知らぬヒーラーよりはまだ穂邑のほうがマシという意味なのだろう。

変に動揺している自分を叱咤《しった》し、穂邑は料理に集中することにした。

チャンスは思いがけずやってきた。

朝一番で野沢《のざわ》から言われたのは、今日の夜に世良《せら》と泉流《いずる》が訪ねてくるということだった。久慈原《くじはら》がよく使う店から夕食のデリバリーを頼むのでぜひ一緒に、ということらしい。

「デリバリーというか、久慈原先生がよく行く割烹《かっぽう》の仕出し……とも少し違うかな。普通は出前なんてしないいんだよ。上得意の久慈原先生だから、特別に運んでくれる感じだね」

野沢も知っている店らしく、味もいいよと保証してくれた。

今日も宿泊の当番は風間《かざま》だったので、夕食は作るつもりで材料も揃《そろ》えてもらったのだが、これは明日にまわすしかないようだ。風間が好きなものを揃えたのに、食べるのは野沢になりそうだ。

あれから風間が当番の日も、二回に一回は穂邑《ほむら》が食事を作っている。風間曰《いわ》く、ケータリングに飽きたそうで、普通のものが食べたいから穂邑の手料理でもかまわない、らしい。

普通という評価に思うところはあるが、美味《うま》いと言わない代わりに文句も言わないので気にしないことにしている。

とにかく穂邑は世良たちが来るという事態に落ち着かない気分で一日を過ごし、野沢にはそわそわしていると笑われて、なんとか終業時間を迎えた。今日は院内の協力者が全員呼ばれているので、当然風間も含まれているのだが、浮ついている穂邑とは対照的に、風間は朝から機嫌が悪かった。おかげで今日はほとんど口をきいていない。

「いやなら断ったらどうですか」

どうせただの顔合わせだ。久慈原がそう言っていたのだから、風間が無理をして参加する必要はないはずだった。

だが風間は無視して一番後ろを歩いてくる。せめて返事くらいはしろと思ったが、野沢の手前、口をつぐんだ。彼にはあまりみっともないところを見られたくなかったし、こちらの仲が悪いことで余計な心配をかけたくはなかった。そうでなくとも最初の頃の険悪なムードに、なにかと気を遣わせていたのだ。ようやくマシになってきたことで、口には出さないまでも野沢が安堵《あんど》しているのは知っているから、ことさら言えない。

「世良くんに会うのは久しぶりだなぁ。お連れの子は初めてなんだ」

院内の廊下であることを考慮し、野沢は言葉を慎重に選んでいた。世良の肩書きは医療ジャーナリストだから病院に出入りしていても不思議ではないし、久慈原の活動を以前から取材して記事にしている、という事実があるので、名前を出してもかまわないようだ。だが泉流はそうもいかない。

「そうなんですか」

「風間先生は、どちらも初めてだっけ?」

「……はい」

「うん、まぁいろいろと複雑だろうけど、なるべく普通にね。笑顔は求めてないけど穏便によろしく。久慈原先生の信用にかかわるからね」

穏やかな口調でしっかりと釘を刺すと、風間は神妙な顔で頷いた。

さすがに風間の扱い方を心得ているようだ。久慈原の名を出せば、ある程度は効果があるらしい。穂邑のときにあれほど反発していたのは、一緒に生活をしなくてはならなかったからだろう。医者としてなにもできず、ヒーラー以外での実績がなにもなかったことも影響していたはずだ。

風間と穂邑はそれぞれ違う意味での緊張感を醸し出している。ただ一人野沢だけが気楽そうにしていた。

院長室に隣接した部屋は、多目的に使えるようになっていて、今日は大きめのテーブルと人数分の椅子が用意されていた。すでに久慈原と外科の堀《ほり》は来ていて、穂邑たちを笑顔で迎えた。

「ゲストはまだですか?」

「道が混《こ》んでいて、少し遅れると連絡があったよ。届け出のないデモが起きたらしくてね、警察とひと揉《も》めあったようだ。さっきニュースでもやってたよ」

部屋にあるテレビはもう消されているから、すでに別のニュースに切り替わったのだろう。あるいは収束したのかもしれない。

「なに系のデモです?」

「センター関係だ。面談と治療の記録を公開しろと要求していたらしいね」

「ああ……個人情報だからと突っぱねている件ですね」

最近上がっている声の一つに、センターが患者を選ぶ基準が曖昧《あいまい》で、治療の実態も不透明だ、というのがある。ようするに都合のいい対象のみに治療を施しているのではないか、と疑われているわけだ。方々で取材が行われ、面談の順番と病状の深刻度が、治療の順番とは無関係だということもわかってしまったのだ。当事者やその身内たちの証言がそれを訴えていたが、センターはあくまで病状によると言い切った。さらにメディアは患者たちの検査結果を引っ張り出して検証し、センターの発表を覆そうと躍起になっているのだった。

「突発的なデモということですか」

「ネットを使って呼びかけたそうだが、予想をはるかに越える人数が集まったらしくてね。主催者としては、せいぜいセンターの前で数十人でシュプレヒコールを上げるつもりだったようだ」

それが何十倍以上にも増え、数千人になってしまったことで車道にあふれ出し、騒動になったという。一部の道路に生じた交通の混乱が夕方のラッシュと重なってあちこちで渋滞となったのだ。

「本当に最近活発ですね」

「あちこちで扇動してるからね。それこそ、いろいろなところが」

久慈原たちも活動の一環として、そういった議論や抗議が活発になるようにひそかに煽《あお》っているし、別の団体もそれぞれの目的でやっている。国内だけではなく、いくつかの国のいくつかの団体が動いているという情報もあった。主に人権団体だろうが、別の思惑もあるのかもしれなかった。

「センターの記録というのは、ヒーラーも見られるものなのかい?」

「いえ。自分が関わったもの以外はまったくわかりません。有名どころが来れば、さすがにわかりますが……」

守秘義務が当然の職場だったが、噂話までは防ぎようがない。職員の一部には、誰それが来たと色めき立つ輩《やから》がいたものだった。

風間は席に着いてからも一切口を挟まず、ただ話を聞いていた。

それからまもなく料理が運ばれてきて、テーブルに並べられていった。和食店の松花堂弁当だが温かいものは温かく、仕出し弁当とは一線を画していた。

数人の店員による配膳《はいぜん》が終わりかけた頃、ようやくゲストの二人が到着した。

あらかじめ会食の顔ぶれを聞かされていたのか、久慈原と穂邑以外の者たちがいても戸惑う様子もなく、泉流は笑顔で挨拶《あいさつ》した。やや緊張気味なのは仕方ないだろう。なにしろ初対面の相手が三人もいるのだ。

「お待たせしてすみませんでした。もっと早く出ればよかったんですが……」

「いや、デモ渋滞じゃ仕方ないよ。ああ、二人とも座って」

促されるまま、泉流は穂邑の向かいに座った。もちろんその隣が世良で、彼は風間の正面だった。風間に近い位置が三人とも能力者なのは故意だろうか。久慈原の考えはわからないが、強制的に慣れさせようとでもいうのかもしれない。

まずはそれぞれの紹介から始まり、すぐに食事を始めた。冷めてしまってはもったいないので、話は食べながらでいいだろうということになった。

「あ、美味《おい》しい」

ふわりと笑う泉流に、久慈原を初めとする病院関係者たちも表情を和らげた。この手の和食はなかなか食べる機会がないと言って、かなり嬉しそうなのも微笑《ほほえ》ましく映っているようだった。その隣にいる世良は黙々と食べているが、さりげなく一人一人の反応を窺《うかが》っているあたり、なかなか警戒心の強い男のようだ。泉流によからぬ感情を抱《いだ》いてはいないかと探っているのだ。

泉流に関しては、世良が持ちうるすべてを使って守ろうとするだろうから心配はないだろう。穂邑が頼むまでもない。

やがて世良は風間を見て、そのまましばらく観察するように視線を止めていた。

小さな舌打ちが隣から聞こえた。風間が視線に気付いて苛立《いらだ》っているようで、睨《にら》むようにして見つめ返していた。

「……ケンカは売らないでくださいよ」

ぼそりと窘《たしな》めると、ひどく不快そうに顔をしかめ、風間はあさっての方向を見る。そのときにはもう世良も視線を外し、興味深げな様子で穂邑を見ていた。

「元気そうだな」

「おかげさまで」

「とりあえず一つ忠告だ。センター内部の事情を知りたがってる連中は意外と多い。あんたはいまのところ、外へ出たヒーラーのなかで最新の情報を持ってる人間だ。なんとかして話を……ようするに都合の悪い部分を知りたいやつらが接触してくる可能性は高いぞ。そのへんも警戒しとけ」

「わかりました。ありがとうございます」

笑みを浮かべて見せたが、忠告は穂邑の身を気遣ってというわけではない。もちろんその側面もあるだろうが、世良にとって最も重要なのは、穂邑が持つ情報が広まらないことだ。つまりチャージャーの「ある特性」についてだった。

万が一それが泉流だけのものだったら、かなりまずいことになってしまう。いや、チャージャーすべての特性であったとしても、いろいろとまずいのだ。

だが世良は穂邑より多くのことを知っているはずだ。穂邑としては、もっと深い部分まで知っておきたいのだが、どうして知りたいのかと追及されたくはないので、いまこの場では質問することができない。久慈原あたりは鋭そうだし、野沢もなかなか侮れないからだ。

「ところで、その後センターの動きは？」

「こちらに影響があるような動きはないですね。メディアや市民への対応で手一杯なんでしょう」

「国会でも相変わらず野党からかなり突っつかれていますよね。与党内からも改正を求める意見は出てますし」

「医師会が頑張った甲斐《かい》はあったかな」

「ええ。後は新聞社や出版各社が、ヒーラーやチャージャーに関する記事を積極的に求めてきてるくらいですかね。前は大手ほど敬遠されたもんですが」

「タブーではなくなったと言うことかな。警察は？　確か組織の摘発に動いていると聞いたんだが……」

「目的は後ろにいる暴力団ですけどね」

「フリーのヒーラー組織が資金源になってるってのは、いまのところは噂の域を出ていませんよね」

堀の言葉に、世良は大きく頷《うなず》いた。

「まだ一件も尻尾を捕まれてないですからね。とりあえずセンターとしては、実際に検挙してもらって、ヒーラーを好きに活動させるとリスクがあるってことを見せつけたいんだと思いますよ」

「だがいまの流れは止められないだろう？　センターがいままで通りにヒーラーを抱え込んでおくことは無理だろうし、センターも落としどころを考えてるんじゃないのかな。チャージャーを公式に認めるかどうかは微妙なところだが……」

「ええ」

実際に治療の成果を各種の検査で証明できるヒーラーとは違い、チャージャーは力をもらったヒーラーにしかわからないのだ。回復が早まるとはいえ、それは期間が短くなるというだけだから、端《はた》からはわかりにくい。だからこそセンターは空とぼける可能性がある。認めたとしても、せいぜい「可能性がある」だの「検証中」だのといって逃げる程度だろう。

それからも情勢や対策、今後の活動に関しての意見が交わされていった。穂邑や泉流、そして風間は、ほとんど口を挟むことなく食事をしていた。

泉流と穂邑は頻繁に目があったが、私語を交わすことも憚《はばか》られ、アイコンタクトを交わすだけにとどまった。その泉流は風間のことを少し気にしているようだ。挨拶のときさえ、紹介されるまま黙って頭を下げていただけだったし、不機嫌とまではいかなくとも愛想笑いの一つもしないので、どうしても気になるのだろう。泉流の位置からはいやでも目に入ってしまうのだ。

「なにか思うところでも……？」

「別に」

小声で風間に問うと、素っ気ない答えが返ってきた。互いに顔も見ないで言葉を交わしているのを、向かいから泉流が不思議そうに見ていた。

食事はあらかた終わり、もう箸《はし》を手にしている者はいない。酒も用意されていたが、飲んだと言えるのは野沢と風間だけだった。世良は車で来ているし、泉流はもともと飲まない。穂邑は飲めるが好んで酒を口にすることはなく、久慈原と堀はなにかあるといけないからと遠慮していた。

いまのところ世良と二人だけで話す機会はなく、穂邑はつい何度も世良に目をやった。座る位置も問題で、とてもこのままでは風間のことなど切り出せない。

(帰りがけに捕まえるか……)

泉流は一緒でもかまわないから、少し離れた頃を見計らい、追いかける形で風間や久慈原たちと距離を取るしかないだろう。

そんなことを思っていると、世良が気を利かせたのか泉流と席を替わり、話に参加していなかった三人を端にまとめる席順にした。好きに話していろ、ということらしい。

「よかった、ほんとに元気そう。このあいだ会ったときより顔色いいし」

「そうですか?」

「うん。雰囲気もなんていうかこう……ソフトになった感じ。えっと、それでその……」

泉流は風間を気にしつつも、うまく切り出せずに困惑していた。三人で隔離されたようなものなのに、二人だけで話している状態が気まずくなったようだ。

「気にしなくても大丈夫ですよ。しゃべれないわけじゃありませんし。むしろ場合によってはベラベラしゃべる男です。まぁ極端な人見知りとでも思っておけば」

「おい」

ムッとしたような声がしたので顔を見れば、眉《まゆ》をひそめて睨むような目をしていた。人見知り扱いが気に入らなかったのだろうが、ここまでしゃべらない理由を説明するにはちょうどいいのだ。なにしろ誰とも目もあわせずに黙々と食べていただけなのだから、ただの無口では言い訳として苦しい。

「そう言われるのがいやなら、せめて話を聞く姿勢は見せてください。野沢先生に言われたことを忘れたんですか？　いきなり世良さんを睨むなんて、なにを考えてるんですか」

「向こうが先に見てきたんだ」

「見ただけでしょう。別に睨んでませんでしたよ」

「探るような目だったぞ」

「それは当然です。初めて会う相手が、口もきかずに仏頂面で目の前に座っていれば、なんだこいつ……くらいは思いますよ」

そこでじっくりと観察してしまうのが世良という人間なのだろうが、客観的に見て目つきも態度も悪くはなかったので、風間の主張を受け入れる気はなかった。

　言い負かすと風間はますますおもしろくなさそうな顔をし、見守っていた泉流は戸惑った様子になった。小声での会話は聞こえていないはずだが、和やかな会話でないことは伝わるようだ。

　穂邑はにっこりと笑みを浮かべた。

「いつものことですから、気にしないでいいですよ」

「気があうんだ？」

「は？」

「なんか、そんな感じするんだよなぁ……うん、うまく言えないんだけどさ。俺もね、世良さんには最初っから言いたいこと言ってたし、一緒にいてすげー楽だったんだ。たぶん相性なんだよね」

　嬉しそうに言いながら泉流はちらっと世良の横顔を見る。久慈原たちと真剣に意見を交わし合っているため、世良が視線を返すことはなかったが、泉流は気にすることもなくまた穂邑を見た。

「幸せそうですね」

「……うん」

「力のほうは変わらず、ですか？」

「変わらないよ。穂邑さんが知ってる通り。なんか……うん、なくならないもんだね。エネルギーの法則、だっけ？　そういうの無視してるのに。どこから湧《わ》いてくんだろ。自分のことなのに、全然わかんないよ」

　気の抜けた笑いをもらしつつも、泉流はさほど気にはしていないようだった。さりげなく風間の様子を窺うと、彼は黙って耳を傾けているよう見えた。

「わたしたちの力は、わからないことだらけですからね」

「うん。まぁ俺としては、理屈とか仕組みなんてどうでもいいんだけどね。どんな方法だって、治ればいいじゃん。神の摂理に背いてる……とか言ってる人たちもいるらしいけど、こんな力がある時点でもう神様に認められてんじゃないのって思うし」

　泉流らしいからりとした口調に、我知らず笑みがこぼれた。かつてはこんな話をしたこともなかった。離れているあいだに泉流もいろいろな情報を得て、考えていたらしい。世良の影響も少なからずありそうだ。

　風間はなにやら思案顔だった。彼なりに思うところはあるようだが、なにかを言い出す気配はなかった。

　もしかして泉流は風間のことを聞いていたから、あんなことを言ったのだろうか。異能の者を受け入れられない協力者だと――。

（いや、泉流に限ってそれはないか）

風間ほど顔に出るタイプではないが、さりげなくあんな話を混ぜ込むほど器用でもないから、自然に思ったことを言っただけだろう。

風間のことはしばらく放っておくことにして、穂邑は少し身を乗り出し、泉流に微笑みかけた。

「ずいぶん大人になりましたね」

「え、そ……そうかな。世間知らずのガキって、よく言われてるんだけど……」

「それならわたしもですよ。箱庭暮らしで、外をよく知りませんから」

「でも穂邑さんはセンターにいたときから、病院のほうとか行って、いろんな人と会ったり話したりしてたじゃん。いまもだけど。俺なんかあの頃から、特定の人としか会わなかったんだよ。いまなんか引きこもってるし」

「そんなに変わりませんよ」

苦笑をこぼし、どう話を続けようかと思っていると、世良に見られていることに気が付いた。彼だけでなく久慈原たちも見ていたので目を丸くしてしまう。

どうやらあちらの話はあらかたすんだようだった。

「明日は早いんで、そろそろ帰ろうかと思うんだが……話し足りないか？」

「んー、また連れてきてくれるならいいや」

問いかけられた泉流は笑顔でそう言い、穂邑に同意を求めた。

「そうですね。ぜひ」
「今日は悪かったね。もっと話せるように席を考えればよかった」
「いえ、そんなことないです。いろんな話も聞けましたし、ご飯も美味しかったし」
笑顔の泉流を眺めつつ、感慨深いものを覚えた。同時に、泉流だって社交辞令が言えると
いうのに、どうしてこの男は……と思ってしまった。もちろん穂邑の隣に座っている、いい
大人のはずの男のことだ。
後で一言ぶつけようと思いながら、見送りのために席を立った。
泉流と世良が廊下へ出たタイミングで、そのすぐ後ろにいた穂邑は行動を起こした。
「世良さん、少しお時間よろしいですか?」
すっと身を寄せ、間近から見上げて言うと、一拍おいた後で承諾してもらえた。
怪訝《けげん》そうにしながらも世良が拒否しなかったのは、穂邑の表情から重要なことだと感じ取
ったのかもしれないし、たんなる気安さだったのかもしれない。
能力のことで、と周囲に聞こえるように言ってから、世良を伴って少し離れた場所まで移
動する。ヒーラーという特殊な能力者同士なので、理由としてはそれが一番自然だろう。声
が聞こえない程度に離れると、穂邑はさりげなく口もとを手で隠しながら言葉を選んで慎重
に言った。
「実は、風間さんはチャージャーです。自覚はありませんが……」

「……確認したんだな？」

わずかに驚きながらも世良はすぐに反応した。視線は穂邑に向けたまま、考え込むような振りをして彼もまた口もとに指先を持ってきた。もっとも彼は久慈原たちにほぼ背中を向けているので、唇の動きを読まれる心配もなさそうだが。

「何度か。それで、このことはわたしとあなた以外には誰も知りません」

「久慈原さんもか？」

意外そうに、そして穂邑の真意を探るように、世良は真剣な目で見つめてきた。

「ええ。話していいものかと考えてしまって……。あの人は、信用に足る方と思っていいんでしょうか。チャージャーの身内を利用するような人ではないでしょうか……？」

「少なくとも本人の意思を無視したり、騙《だま》していいように使ったり、ってことはないな。策略家ではあるが、それ以上に人情味にあふれた人だぞ。ああ見えてな」

「ああ見えて、って……」

「いかにも腹に一物ありそうだろ？」

「……確かに」

穏やかな表情と物腰にもかかわらず、彼と対峙《たいじ》すると穂邑はつい身がまえてしまう。どこか油断のならないものを感じてしまうからだった。

苦笑しつつ頷き、今日のうちに久慈原に話してしまおうと心に決める。世良に保証してもらったことは、思っていたよりもずっと大きな意味があった。会うのが二回目の男を、穂邑はずいぶん信頼していたらしい。

「で、本人に言わないのはなぜだ？」

「聞いていませんか？　彼はヒーラーやチャージャーに嫌悪感を抱いています。だから先に久慈原先生に相談をと思ったんですが、まずそこから躓《つまず》いてしまって……」

「なるほどな。というか、よくそんな人間を協力者にしたもんだ。それだけ久慈原家に恩を感じてるってことか……」

「事情はご存じなんですね」

「そこそこ知られた話だからな。まぁ、俺はあの男のことはなにも知らないから、判断は久慈原さんにしてもらったほうがいい。ただ、拒絶反応を起こすほどの嫌悪感があるとは思えなかったがな。平然と一緒にメシを食ってたし」

いい加減な根拠だと思ったが、目の前と隣にヒーラー、斜向《はすむ》かいにチャージャーがいる状態で完食していたのだから、あながち間違ってもいないのかもしれない。

「真っ向から視線をあわせていましたよね……」

「ああ、すごい目で睨まれたっけな」

くつくつと笑い、世良はちらりと風間を見やった。視界の隅に捉《とら》えた程度だろうが、意味ありげに見えるその視線を受けて、遠目にも風間がぴくりと眉をつり上げたのがわかった。

先ほどと同じように睨んでいるようだ。

「あなたのなにかが気に障るみたいですね」

「だろうな」

「後で聞いておきます」

「そうしてくれ。ま、頑張れよ」

世良はますます楽しげに口の端を上げると、穂邑の肩をぽんと叩いてから泉流たちのほうを振り返った。

堀が深刻そうな顔をして電話をしているのが目に入った。隣に立つ久慈原も真剣な表情だった。

「外科系でなにかあったらしいな」

「ええ……」

緊急搬送されてきたか、容態が急変したか、だろうか。近づいていくと、ちょうど電話を終えた堀が、久慈原になにか言ってから挨拶もそこそこに慌ただしく駆けていった。

「なにかお手伝いすることはありますか？」

「いや、治療が必要な事態ではないんだ。少し精神的に不安定な患者さんがいてね、ちょっと看護師とトラブルになったらしい。堀先生の言うことはよく聞くから、行ってもらったんだよ。わたしもすぐに行くけどね」

経営だけでなく医者としても現場に立つ久慈原は、患者からも大きな信頼を寄せられていると聞く。

「すみません、ちょっといいですか」

いまにも立ち去りそうな久慈原に、世良は近づいていき、なにやら短く耳打ちをした。すると久慈原の目は驚いたように瞠《みは》られ、穂邑を見つめた。世良に呼ばれて二人のところまで行くと、久慈原が耳もとに顔を寄せてくる。

「彼が、本当に？」

「……はい」

「わかった。早めに話しあおう。そうだな……今日、君の部屋に行くよ」

「え、でも」

「風間先生、申し訳ないんだが今日はわたしと代わってもらえるかな」

「は……？」

突然のことに風間は当惑していた。直前までかなり不機嫌そうだったのが、いまや虚をつかれた顔になっている。

「少し遅くなるかもしれないが、わたしが行くまで穂邑くんと一緒にいてくれ。悪いね、頼んだよ」

それだけ言うと、久慈原は返事も確かめることなく立ち去っていった。結局玄関までの見送りは野沢がするということになり、穂邑は風間と連れだって部屋に戻った。

戻るあいだも風間の不機嫌を強く感じていた。苛立ち、剣呑《けんのん》な気配すら発して、ひどくもの言いたげな視線を何度も感じた。

部屋に戻った途端に、それははっきりとした態度と言葉になった。

「どういうことだ？」

前置きもなにもないのが風間らしいと思った。穂邑はふっと息をついてソファに座り、なるべく平坦な声を出した。

「久慈原先生に相談したいことがあるので」

「いきなりだな。それに、こんな時間からするようなことなのか？」

「ええ」

「本当に相談か？」

唸《うな》るような低い声がして、穂邑は思わず眉をひそめた。不審がられるのは覚悟していたが、相談を疑われるとは思っていなかった。

「どういう意味です」

「別の用事があるんじゃないのか」

「なんですか、それは」

「話しあいに来るようには見えなかったがな」

「あなたの目にどう見えたかは知りませんが、妙な勘ぐりはやめてください。本当にヒーラーや、そのあたりの話ですよ」

嘘は一つも含まれていないから、まっすぐに風間を見据えて言い放つ。だが信じていないのは明らかで、舌打ちだけが返ってきた。

ここへ来てようやく、酔っているらしいと気がついた。弱くはないと以前自分で言っていたが、感情のコントロールはさらに甘くなるようだ。

思わず嘆息し、寝室のほうを指さした。

「シャワーでも浴びて酔いを醒《さ》ましたらどうです？」

「必要ない」

「ありますよ。少なくとも絡まれなくてすみます」

ぷいと顔を背け、映ってもいないテレビの画面を見つめる。黒いそこには、自分の姿がぼんやりと映し出されていた。

ふいに風間が動く気配を感じたかと思ったら、いきなり肩をつかまれていた。ソファの空いた場所に座ったために、ひどく距離が近い。

「あの男となにを話してたんだ」

「世良さんのことでしたら、あの場で言った通りです。聞こえませんでしたか？　ヒーラーの能力のことですよ」

「口実なんだろ」

「は？」

なにを言い出すのかと怪訝に思って見つめるが、言った本人は至極真面目な顔だ。むしろ余裕をなくしているといってもいいくらいだった。

「ずっとあの男を気にしてたな。今日だけじゃない。前から、なにかと気にしてただろう。気付いてないとでも思ったか？」

「それは……」

言われたことは間違っていない。なんとか話す機会がないものかと、しきりに動向は気にかけていた。だが風間が言っているのは、ニュアンスが違うようだった。

「今日だって、あの男の前で縋《すが》るような目をしたり、甘ったるい顔をしてた」

真剣な顔ならしたという自覚はあるし、世良の前で安堵の表情は浮かべたかもしれない。だが風間が言うようなことはなかったはずだ。

「そんな覚えはありません」

「自覚なしか。あの男は、おまえの弟分とできてるんだろ？」

「恋人だと聞いていますね」

「それでも諦《あきら》められないのか」

「はい？」

まじまじと見つめ返してしまったのも仕方ないことだろう。どうやら風間は、穂邑が横恋慕していると思ったらしい。

呆気《あっけ》にとられてしまった。なにをどうしたら、そんなふうに見えるのだろう。

自然と大きな溜《た》め息が出てしまった。

「違います。世良さんに恋愛感情は持っていませんよ」

「じゃあ久慈原先生か」

「だからなんでそうなるんですか。いい加減にそっちから離れてください」

とんだ言いがかりだ。きっとまた以前のように、誰彼なく誘うだの色目を使うだのと考えているのだろう。

だが以前のようにただ文句を言いたいだけではないはずだ。身内である久慈原に対してならばともかく、世良絡みのことまで言われる筋合いはない。大いなる誤解ではあるが、仮に穂邑が世良を好きだったとしても、風間にとっては関係ないのだから。

そしてやけに熱っぽいこの目には見覚えがある。

「結局、なにが言いたいんです?」

冷めた気持ちで問いかけると、風間はぐっと言葉に詰まった。

こんな反応さえよく似ている。どうして穂邑にその手のことを求める男は、似たり寄ったりのことをするのだろう。たまに違うアプローチ――ようするにストレートな言葉や態度で誘ってくる者もいたが、プライドの高いタイプや立場的にいろいろと問題を抱えている者たちは、なにかと穂邑から誘っているという形にしたがるのだ。そして穂邑のところには、なぜかそういったタイプのほうが多く寄ってきた。

ふっと目を細め、穂邑は肩をつかんだままの手に自分の手を乗せた。びくりと反応したが、振り払うことも肩から手を離すこともしない。ただ固まったように穂邑を見つめてくるだけだった。

触れた指先から力が流れ込んでくるが、どうでもよかった。どうせ風間にはわからないことだ。

「いいですよ。あなたの思うようにすればいい」

淡く微笑んで、伸ばした手で風間のメガネを取る。視線を絡めたまま、踏みつぶさないだろう場所にそれを落とすと、まるで待っていたように風間が覆い被《かぶ》さってきた。

やはり、と自嘲《じちょう》する。結局のところ風間も穂邑から誘ったということにして、この身体《からだ》が欲しかったわけだ。

(意外だけど……)

まさか彼にそんなふうに思われる日が来るとは。握手さえ拒否されたことを考えれば、セックスしようなんてずいぶんな変化だ。ヒーラーでもいいなんて、よほど飢えていたのだろうか。

穂邑は風間のシャツのボタンをゆっくりと外していく。晒《さら》した胸も腹も引き締まっていて、穂邑と比べたらはるかに肩から胸元の厚みもあった。

一方で風間はシャツをまくり上げて穂邑の胸をあらわにすると、いきなりそこをしゃぶり始めた。と同時に、ベルトを外して下を脱がそうとしている。

「ずいぶんと、がっついてますね」

苦笑まじりに言ってみたものの返事はなかった。

感じるようにされてしまった乳首は、刺激を無視できずに快感を訴えかけてくる。おかげで幸か不幸か、流れ込んでくる力に気付くことはなかった。

いま穂邑を抱こうとしている男も、これまで穂邑を抱いてきた男たちと大した違いがない。勝手に欲情しておきながら、相手のせいにして自分は被害者のような態度で犯すのだ。

そのことに少なからずショックを受けている自分がいた。失望といってもよかった。自分でも気付かないうちに、穂邑は風間になにかを期待していたようだ。

一方的に嫌われ蔑《さげす》まれるという最悪のスタートにもかかわらず、気を張らなくてもいい相手だったし、一緒にいても楽だと気付かされた。至らなさや欠点を見せつけられ、呆《あき》れもしたが、ある部分は好ましく思えた。

徐々に距離が縮まっていくことが、嬉しいと思った。

穂邑の手料理を黙々と食べるさまを見ながら、なにが好きか嫌いかを察しては、ひそかに満足していた。ほかの誰に作るよりも喜びを感じていた。

そんな自分に、いま気がついてしまった。

（ああ……最悪だ……）

ひどく投げやりな気分で風間を挑発したことを、早くも後悔している。

自分で思っていたよりは鈍かったが、ここまで来て気付かないほどではない。認めるしかなかった。こんなにどうしようもない男に——風間浩史郎《こうしろう》という面倒くさい男に、穂邑はいつの間にか恋愛感情を抱いていたらしい。

身を捩《よじ》って胸の愛撫《あいぶ》から逃れようとしたのは無意識だった。

だがそれが風間の欲望に火をつけたらしく、両手をつかんで一つにまとめてから、穂邑の唇を乱暴に塞《ふさ》いだ。

信じられないほど力が強い。もがいてもびくともしなかった。

舌が触れあうと、強い力の流れが起こって穂邑を陶然とさせる。快感とはまた違う、たとえるなら乾いた細胞の一つ一つに水が染みこんでいくような感じだ。それ自体が気持ちいいわけではないが、ひどく満たされた感覚があった。

舌だけではない。唇や頬《ほお》の粘膜からも、それを感じた。

「っ、ぁ……は……だ、め……だ……」

我に返って抵抗してみても、すでに力はうまく入らない。顎《あご》を押さえつけられ、舌先を強く吸われると、深い部分から快楽が這《は》い上がってきて肌を震わせた。

　このままではいけない。感情に支配されて、ひどく重要なことを失念していた。いや、頭の片隅にはあったし、感覚を何度も捉えていたはずなのに、それどころではなくて無視してしまったのだ。

　そうこうしているあいだに、身体の中心を愛撫され、どうしようもない熱が溜まってきてしまう。

　風間は貪《むさぼ》るようにして舌を動かしながら、緩めたウエストから手を入れ、大きな手で下肢をまさぐる。

　びくびくと身体が勝手に跳ね上がった。

「や……め、っん……ぁ……」

「いまさらだ」

　いったん口を離して吐き捨てるように言い放ち、風間はまた舌を絡めてきた。

　確かにそうだ。熱をぶつけてきたのは風間だが、彼を試すように挑発をして勝手に失望したのは穂邑だ。

　だがこれはだめなのだ。チャージャーである風間と身体を繋《つな》ぐということは、彼にも与えうるかもしれない特殊な力――あるいは効果といってもいい――を穂邑に与えてしまう可能性がある。

風間に支障はないだろう。だが問題はそこじゃない。

ようやく両手の自由を取り戻し、厚みのある肩を押し返そうとすると、風間はひどく不満そうな顔をした。

「なんだ、急に怖《お》じ気《け》づいたのか」

「冷静になっただけです。やはりあなたとは寝たくない」

冷たく吐き捨てたそばから、穂邑自身が違和感を覚えていた。いまのは嘘だ。だめだと思いながらも、穂邑の感情や本能は風間を求めている。彼に抱かれたいと望んでいた。止めようとしているのは理性だけだった。

「とてもそうは見えないな」

鼻で笑われ、耳に舌を寄せられる。耳殻を舐《な》められ、ぞくぞくとした甘い痺《しび》れが肌を撫《な》で上げていく。とっさに唇を噛《か》むことで穂邑はそれをやり過ごした。

ぴちゃぴちゃと湿った音が耳に響き、下肢をまさぐる指がさらに奥まで触れてきた。

「さ……わら、ないでっ……」

「嬉しそうにひくついてるくせに?」

思わず振り上げた手は頰に届く前につかまれ、そのままぐっと引き寄せられた。

そのまま肩に担いだ穂邑を、風間は寝室まで運んでベッドに放り投げた。いつも彼が使っているほうのベッドだ。

慌てて逃げようとしたが、あっけなくベッドに押し戻されてしまう。

うつぶせに押さえつけておいて、風間はもがく穂邑からボトムを剝《は》ぎ取り、下肢をあらわにした。

こんな扱いを受けるのは初めてだった。穂邑を抱いた者たちは、そこまでのアプローチこそ居丈高だったり強気だったりしても、いざ抱くとなればそれなりに紳士的に穂邑を扱った。強引だったりしつこかったりということはあっても、こんなふうにレイプまがいに抱こうとする者はいなかった。

これがこの男のやり方なのか、あるいは穂邑が拒絶したことでムキになっているのか。前者だとしたらこれからも警戒し続けなくてはならない。

「おとなしくしてろ」

「ひっ……ぁ……」

腰を引き上げられ、いきなり舌を寄せられた。

初めてのことではないが、ほかへの愛撫もそこそこに後ろを舐めてくるなんて思わなかった。

男を抱くのは初めてではないのだろう。さっきまで乱暴だったくせに舌使いはやけに繊細で、じわじわと快感ばかりが背筋を這い上がる。

溶けていく自分を止められない。

シーツに指先を沈め、なけなしの理性で逃れようとしても、それ以上の力で押さえつけられてしまう。

穂邑のなかで、そのまま身を任せてしまえと囁《ささや》く声がした。チャージャーの特性を確かめるいい機会でもある、と。

確かに重要なことではあるのだ。泉流だけの特性なのか否かを、これで確認できる。力が抜けると同時に、快楽に弱い身体は簡単に流された。

「あ、あぁ……っ」

充分に舐められて濡《ぬ》れたそこに、弾力のある舌がぞろりと入り込む。無遠慮に蠢《うごめ》くそれに、がくがくと脚が震えた。

舌を出し入れされるのと同時に、指を入れられてもっと深いところを探られる。後ろでも感じる身体はあっけなくその感覚に落ち、動かされるたびに腰が揺れて、あられもない声が出た。

「慣れてるな」

つまらなそうに風間が言う。しっかりと耳に届いた言葉に穂邑は我に返り、肩越しに彼を睨み付けた。

「お互いさま……でしょう……っ」

「……そうだな」

「んぁっ……」

指が一気に引き抜かれ、ぞくぞくとした甘い痺れに震えているうちに身体を表に返された。

大きく開かされた脚のあいだに風間が身を置く。

シャツのボタンを外して前を広げると、ほぼ全裸になった。羞恥《しゅうち》は特にない。そんな感覚はとっくになくした。

だがしげしげと見つめる風間に、戸惑いは覚えた。

「なんですか」

「いや……顔だけじゃなくて、身体もきれいなんだなと」

「は……」

「これじゃまわりが放っておくはずもないか……」

ぼそりと独り言ち、風間は濡らした指をふたたび突き立てる。

「あっ、ぁん……や……」

擦《こす》られる感覚は穂邑にとって快感でしかなく、きつく目を閉じてそれに身を任せた。

内側からぐずぐずに溶けていくような気がして、怖いと思うと同時にもっとして欲しいと思ってしまう。

いつもと同じだ。ただ相手が風間だと——好きになっていた相手だというだけだ。

「ああっ……!」

後ろを指で穿《うが》たれたまま、前を口に含まれた。

吸い上げられ、ねっとりと舌を絡められ、後ろは深い部分で複数の指が蠢いている。おかしくなってしまいそうだ。シーツに指の先を沈めて腰を振り立て、穂邑はみっともないほど喘《あえ》ぎながら、長い髪を振り乱した。まとめていたはずの髪は、いつの間にかほどけていた。

接触した部分から流れてくる力を遠くに感じる。だがいまは快感が強くて、それどころではなかった。

同時に攻められたせいもあってか、絶頂感はあっという間に襲ってきた。

先端を突《つつ》かれて吸われた瞬間、穂邑は甲高い声を上げて風間の口に放ってしまう。

シーツから浮いた背中が力を失って落ちても、風間は穂邑のものを含んだままでいた。まるで搾り取ろうとでもいうように、いったばかりのそこをなおも吸い、尖《とが》らせた舌先で突いてくる。

「ひぁっ、ん……やめ……っ、あぁぁっ」

後ろに埋められたままの指は三本にまで増やされて、さっきからずっと出たり入ったりを繰り返していたが、唐突に上向きに曲げられ、一番弱い部分を掠《かす》めていった。

悲鳴じみた声を聞いても、やめるどころかなおも攻めるのだから、風間という男はサディストの気があるのかもしれない。

半泣きで身を捩っているうちにようやく口を外してもらえたが、内側から抉《えぐ》るように攻めることはやめてくれなかった。

二度目の絶頂は無理に押し上げられたようなもので、気持ちはまったくついていけなかった。いったというよりも、強制的に射精させられたという感じだった。

放心状態のうちに、唯一身に着けていたシャツも奪われた。風間もまたすべてを脱ぎ捨てている。

ぼんやりと眺めながら、そもそも骨格や筋肉の質が違うらしいと、どうでもいいことを考えた。

「……あなた、いつもこうなんですか」

溜め息をついてから軽く睨み付けると、風間は意味がわからないという顔をした。

「こう、とは？」

「あんな一方的な……」

がっついている、というのとは確実に違うが、優しくないのも確かだ。まるでいかせることだけが目的のようにも思える。

「とりあえず、その取り澄ました顔を、ぐちゃぐちゃにしてやろうと思って」

「悪趣味……！」

「そうか？　ありがちな嗜好だろ」

風間は鼻で笑い、穂邑の顎をつかんで深く唇を重ねた。

荒々しいキスは高められた官能を直接刺激し、身体から力を奪っていく。戯《たわむ》れのようにいじられる胸も感じて仕方なかった。

「ん、ん……っ、ぁ……」

唇が離れ、指の代わりに胸を愛撫し始めた。舌先で転がされ、歯で軽く噛まれたりすると、おもしろいように身体が跳ねた。

穂邑が自ら放ったものを後ろに塗り込められ、ぐちゅぐちゅと音を立ててかきまわされる。充分にそこはほぐれ、もっと深く抉って欲しいと訴えかけていた。

「こっちはもうよさそうだな」

「あっ……」

確かめるようにして指を入れ、風間はぐるりとなかをかきまわす。いちいち反応する身体を恨めしく思いながら、なおも動かそうとする手を押さえて引きはがした。不満そうな顔をされたが知ったことではなかった。

「一方的なのは、本意じゃないんですけど」

「主導権を握られるのはいやか？」

「そういうわけじゃありません。ただ……」

咥《くわ》えてやろうと身体を起こし視線を下へ向けた穂邑は、つい舌打ちをしかけてなんとか抑えた。

「どうかしたか？」

「いいえ。ただ、態度に見あったものをお持ちだなぁ、と。小さかったら笑って差し上げようと思ってたんですけど」

「ここはありがとう、と言うべきか？」

特に嬉しくもなさそうだし、興味もなさそうだ。それが妙に慣れているふうに見えて、ますますおもしろくなかった。

さすがは十代の頃に荒んで爛《ただ》れた生活を送っていただけのことはある。人間関係はうまく築けないくせに肉体関係を結ぶのは得意なんて、たちが悪すぎて笑えない。刺されるのも仕方ないと思えた。

「念のために聞きますけど、ゴム……つけない気ですか」

「ないものは仕方ないだろう。心配するな、病気は持ってない」

ついでにコンドームを持ち歩く趣味もない、と素っ気なく言い、風間は穂邑の脚を抱え込んだ。

「そういう、問題じゃ……あ、待っ……あ……っ、あぁ……」

やや強引に押し入ってくるそれに、久しぶりの身体は苦しいと訴えかけてきた。かつてないほど広げられているせいもあるのだろう。

苦痛と同時に快感があり、さらに力が止めどなく流れてくる。キスしたときよりも激しく強いそれに、穂邑は陶然となった。

皮膚よりも粘膜。それはやはり泉流に限ったことではなかったようだ。

力の譲渡は皮膚よりも粘膜のほうが流れだしやすいし、吸収しやすい。だがそれを知るのは穂邑と泉流と世良、そして久慈原だけのはずだ。フリーのチャージャーやその関係者が知っている可能性はゼロではないが、噂にもなっていないことから、現段階では知らないのだろうと思っている。

穂邑はセンターにいる頃から事実に気付いていたが、報告はしなかった。だからいまでもセンターのチャージャーたちは、手を――指先を触れあわせることで力を注いでいるはずだった。

「なにを考えてる……？」

根元まで穂邑のなかに納めても、風間はすぐに動こうとはしなかった。

シーツに広がる穂邑の髪をすくい上げ、なにを思ったかそれに唇を寄せた。髪に神経なんてないのに、背中をぞくぞくと快感が走り抜けていく。

「さらさらだな……そういえば、なにかポリシーがあって伸ばしてるのか？　それともモノグサか？」

「養母が、わたしの髪を梳《す》くのが好きだったので……その後は、特に切る理由もなかったのでそのままにしていました」

思いついたときに切り、いまくらいの長さをキープしてきたが、すっきりさせてしまうのもいいかとも思っていたところだ。

ぼんやりとそんなことを考えていると、ようやく風間が髪から手を離した。

「切るなよ」

「え？」

「そのままでいい。髪振り乱してよがるところが気に入ったからな」

「最低……」

本当にろくな趣味じゃない。真面目そうな顔をして、実際に普段は堅物と言ってもいいくらいなのに、蓋《ふた》を開けたら性的な嗜好はきわめて俗っぽく、翻弄《ほんろう》される姿を見て楽しみたいタイプだったなんて。

豹変《ひょうへん》というほどではないし、別人だとも思わないが、やはり騙された感はある。押し倒してきたときは我を忘れているふうだったのに、すっかり余裕の態度なのも腹立たしい。主導権は相変わらず風間が握ったままだ。

ふいに風間はくつくつと笑った。

「おまえも大概わかりやすいぞ。俺のことは言えないな」

「心外です」

「その生意気な口が、よがり声しか出せなくなるってのも、楽しいな。可愛く鳴けよ」

そう言うなり風間は腰を引き、すぐに突き上げてきた。

反論しようと開いた口は言葉ではなく嬌声《きょうせい》を放つことになり、それを悔しいと思う間もなく次から次へと喘がされることになった。

好きな男に抱かれているのに、穂邑のなかに甘い感傷はなかった。

それでも突き上げられるたびに身体は歓喜に震え、弱いところを攻められれば鳥肌が立つほどに感じた。

「あっ、ぁう……ん……っ……」

なにか言ってやろうという気概はあっという間に押しつぶされた。口を開けば、出てくるのは濡れた喘ぎ声だけだった。

深く貫いたまま、風間は胸の尖りに指を伸ばす。敏感なそこに軽く爪《つめ》を立てられ、穂邑は泣きそうな声を上げた。

鎖骨を撫でられても、脇腹から腰骨にかけて指でたどられても、びくびくと身体が跳ね上がってしまう。

どこを触られてもひどく感じた。まるで全身が性感帯になったかのようだった。

こんな感覚は初めてで、どうしたらいいのかわからない。もともと感じやすい体質ではあっただろうが、ここまでではなかったはずだ。

「い、や……ぁ……」

身体中を撫でまわした後で胸に戻った指は、ぐりぐりと乱暴なほど強く尖った粒を押しつぶし、指で挟んでは捏《こ》ねまわす。同時に風間のものでなかを掻《か》きまわされて、穂邑は彼が望むままに髪を乱してよがった。

理性を手放したことなど過去にはない。感じて声を上げながらも、快感に溺《おぼ》れることなどなかったのだ。

なのにいまは悶《もだ》えて嬌声を上げること以外なにもできないでいる。

「あぁぁっ……！」

内側の弱い部分に嵩《かさ》の張った部分があたり、穂邑はのたうつようにしてよがった。風間はそれを楽しむように、飽くことなく穂邑を攻め続ける。

凄《すさ》まじい絶頂感が襲ってきたのは、何度も突き上げられた末のことだった。

叫んだ声はほとんど泣き声だったかもしれない。頭のなかが真っ白になるという経験を、穂邑は初めて味わった。

深く突き上げ、そのすぐ後で風間がいくのがわかった。その瞬間に彼から力が一気に流れ込んできた。粘膜同士の接触で得る力の量など、この一瞬の比ではなかった。

それ自体は快楽ではない。だが同時に穂邑のなかへ吐き出されたものが、鳥肌が立つほどの快感へと変えていく気がした。

意識がすうっと白い闇《やみ》に溶けて、音も光も遠ざかっていく。

いった後も、痙攣《けいれん》は止まらなかった。少しでも触られればびくんと震え、絶頂の余韻に新たな快感が足されていくばかりだった。

「あっ……」

頬に添えられた手が、意識を引き戻す。

ぼんやりと目を開けると、思いがけないほど近くに風間の顔があった。覗き込むようにして穂邑を見る彼の顔は、楽しげにも見えたし労《いたわ》っているようにも見えた。

後者などありえないけれども。

男らしい指先が、穂邑の目元に触れた。

「泣くほどよかったか」

「違っ……」

指先が濡れているのも、目尻から涙が伝い落ちる感覚があるのも確かだが、とっさにそんなことを口走っていた。

いたたまれなくて、目をそらす。

風間は顎をつかんで逃げられないようにして、穂邑の唇を深く奪った。

鼻にかかった甘い息がこぼれ、絡む舌にまた意識が掠れていく。

これで終わりでないことは、身体が教えてくれた。穂邑のなかで、風間のものが続きを求めていることが、はっきりとわかる。

唇を結びながら、今度はゆっくりと揺すり上げられた。

穂邑は風間の背中に手をまわし、縋るようにしながらまた快楽の渦のなかに飲み込まれていった。


気がついたときには、朝を迎えていた。

何度か意識を飛ばした挙げ句、そのまま本当に気絶して現在に至るようだ。寝室には穂邑一人で、昨夜さんざん使った隣のベッドは無人だった。

穂邑は重い溜め息をつき、同じくらい重い身体を起こした。胸の内に渦巻いているのは激しい後悔だ。

(勢いが五〇パーセント、打算が二〇パーセント……後の三〇パーセントは欲情したから、だろうな……)

風間の熱い視線に当てられてしまったのだろうか。欲情の回路にスイッチが入ってしまい、理性が負けてしまった。

もともとセックスは嫌いではなかった。相手はそれなりに好意を抱いた男にしてきたし、快楽の程度は相手のテクニックと相性、そして穂邑の気分によって変化したが、総じて気持ちがよかったからだ。

だが昨夜はいままでのセックスとは一線を画していたように思う。風間がチャージャーであるかそうでないかは関係ない。あれは快楽とは直接関係がないから、昨夜穂邑が乱れに乱れたのは、風間の手管と相性によるものなのだろう。

（あのサディスト……）

本人はなにも言わなかったが、あの男が悶え泣く穂邑を見て楽しんでいたことは間違いない。たまたま目にした表情がそれを物語っていた。

おかげで穂邑はふらふらだ。何度いったのか覚えてもいない。

（おまけに馬鹿力だし。なんであんなに力が強いんだか……）

見た目からは想像もできないほど腕力があるし、体力もかなりあるようだ。先に音を上げた穂邑と比べ、まだまだ余裕がありそうだったのも腹立たしい限りだった。

（あっさりと全回復してるし）

ぼんやりと手を見つめ、小さく溜め息をついた。

ヒーラーとしての力の量、そして強さは、なんとなく本人にはわかるものだ。メーターがあるわけでもないし、サインがあるわけでもないが、わかるのだ。これは穂邑だけでなく、センターでも把握しているヒーラーの感覚の一つだ。

粘膜同士を接触させた状態での、チャージャーの絶頂。そこが鍵なのだろう。射精するかしないかは関係ない。感覚の問題らしい。

（泉流だけの特性ではない……）

これはこれで問題だ。もしこれが広く知られるようになったら、チャージャーの身が、とても危ういものになってしまう。

「はぁ……」

のろのろと起き上がり、だるくて仕方ない身体を叱咤《しった》し、慎重に足を進める。油断すると膝から力が抜けて座り込んでしまいそうだった。

熱いシャワーを浴びると、少し気分がしゃっきりとした。

バスルームの鏡に映るのは、冴《さ》えない顔をした自分の姿だ。身体中にベタベタとキスマークがついていて、手首にはつかまれた痕《あと》もある。

執拗《しつよう》なほどついた痕に、また溜め息をつきたくなった。しっかりと身体のなかがきれいになっていることが、余計に憂鬱な気分にさせてくれた。

意識のないあいだに風間がやってくれたのだろうが、いたたまれなくて想像もしたくなかった。

自己嫌悪に陥るなんてどのくらいぶりだろうか。避けようと思えばいくらでも避けられたはずだからこそ、この事実が重たくのしかかってきた。

チャージャーの彼とヒーラーの自分がセックスしてしまった、というのも問題だが、それ以前の問題もある。穂邑は保護されている立場で、風間はその監視役。しかも久慈原の身内だ。

それだけではない。穂邑と風間のあいだにある、気持ちの違いもある。

穂邑は自分が男の劣情を刺激しやすい、ということを知っている。過去に何度もそういう目に遭えば、否応なしに自覚させられるというものだ。センターには入る前から、頻繁にそういう危機はあった。性的暴行に至ることはなかったが、服の上から触られたり抱きつかれたりということは何度もあったし、誘拐されかけたこともあった。

誘ったおまえが悪い。勝手に劣情を抱く男の常套句《じょうとうく》だ。一番最初にそれを言われたのは、確か五つか六つのときだ。

(本当にやっかいな顔だ……)

そのせいで男にばかり興味を抱かれてきたのだ。得をしたことよりも、損をしたことのほうがはるかに多い。容姿が売りになる職業に就けば別だったのだろうが、穂邑の立場では不愉快な思いをするばかりだった。身体を鍛えて男らしい肉体を作ろうとしたこともあったが、どうにも筋肉がつきにくい体質らしく、ただ痩せただけで終わってしまったものだった。

風間だって、穂邑の顔や線の細い身体に惹《ひ》かれた口だろう。彼は基本的には女性を恋愛対象にしている印象だ。昨夜の慣れた様子からすると同性も抱いたことがあるようだが、好んで男を抱きたがるようには思えない。そういう者たちが同性に目を向けるときは、見た目で嫌悪感を抱かないタイプであることが多く、小柄だったり顔立ちが女性的だったり、穂邑のように中性的だったり、というタイプに目を向けるらしい。

少なくとも穂邑が過去に出会った男たちはそうだった。センターという特殊な環境で、それはことさら強調されていたように思う。

「とにかく、どうなったのか聞かないと……」

服を身に着け、意を決して寝室を出た。非常に顔は合わせづらいが、いつまでも籠《こ》もってはいられない。今日も仕事なのだ。

「おはようございます」

「ああ」

リビングでコーヒーを飲んでいた風間は、穂邑の顔を見ると立ち上がり、カップを置いて近づいてきた。

思わず身がまえると、意外だったのか片方の眉が器用に上がった。

「朝っぱら取って食いやしない」

「そ……そういうわけじゃありません」

「怯《おび》えてるようにしか見えないぞ。そうやってれば、可愛くないこともないな」

「可愛いなんて思われたくないので結構です」

ぴしゃりと言い切り、穂邑はなるべく普段と変わりないようにと努めた。昨夜のことを意識せずにはいられなかったが、一人で動揺しているのは悔しくて、あれはあれだと思うことにした。

「それより、久慈原先生からなにか連絡はありましたか?」

来ると言っていた人が、結局どうなったのかは気になるところだ。穂邑たちのセックスは日付が変わってからも続いていたはずだし、穂邑が記憶している限り中断して応対しにいったということもなかった。ならばせっかく来た久慈原は反応がないことに諦めて帰ったのか、あるいはマスターキーを使って入り、ドア越しに穂邑のあられもない声を聞いたのか。

考えるだけでいたたまれなくなる。どうか前者であってくれと祈りつつ尋ねると、返事の代わりに携帯電話を見せられた。

メールの内容としては、昨夜の患者の件が片付いたかと思ったら、急病の患者が運び込まれてきて、急遽《きゅうきょ》手術となった。時間がかかりそうだし、もう遅いので、話は明日にでもしよう……ということだった。

メールの送信時間は、昨夜の十一時だった。

思わずほっとした。

「気付いたのは今朝だった」

「そうですか……よかった」

最悪のこと――セックスの最中に訪ねられるということはなかったのだ。

「さっき電話も来た。昼休みに院長室に来て欲しいそうだ」

「わかりました」

もの問いたげな視線は強く感じたが、気付かないふりで朝食の用意をした。さすがに久慈原に呼び出されている件を、この場で問い詰めようとは思わないらしい。

ふと背後に気配を感じ、慌てて振り返る。その拍子にかくんと膝が折れ、声を上げる間もなく風間の腕に抱き留められた。

密着した身体が、否応なしに昨夜のことを生々しく思い出させる。

体温がカッと上がったような錯覚を起こしたが、頬の赤みはシャワーを浴びたばかりということでごまかせるだろう。

「やっぱりな」

頭の上から声が降ってきて、穂邑は我に返った。

「あ……あなたがいきなり後ろに立つからでしょう……っ」

「それはきっかけであって、原因じゃないな」

「原因を作ったのもあなたです」

「確かに」

くっと笑い、風間は穂邑の身体を横抱きにした。

「なっ……」

「今日は休め。久慈原先生にも野沢さんにも、すでに言ってある」

勝手なことを言われても納得できるはずはない。まして体調は悪くないし、ふらつく原因はセックスだ。こんなことで休みたくはなかった。

ソファに下ろされ、立ち上がろうとするのを押さえつけられる。なおも抵抗していると、強引に唇を塞がれ、押し倒された。

朝からするとは思えないほど濃厚なキスに、昨夜の官能が呼び覚まされる。熾火《おきび》のようにくすぶっていたそれが、キスによって煽られていくのを感じ、穂邑は焦って風間を押し返そうとしたが、うまく力が入らなかった。

唇が離れていったのは、穂邑の目が潤んで熱っぽさを訴えるようになった後だった。

「人前に出られるような顔じゃないな」

「誰の……せいだと……」

「このまま犯したくなる顔だ。絶対にほかの男には見せるな」

頬を撫でられ、びくっと身が竦《すく》んだ。

そんな穂邑を観察するように見つめてから、風間は静かに離れていき、身支度を整えた。

持ちものはＩＤカードのみだ。

「いいか、昼になったら迎えにくるから休んでろ。ここにいる分にはいいが、一人で外へ出るな。わかったな」

言い置いて風間は出て行ってしまった。穂邑を一人にしていいのだろうかと思ったが、許可が下りているというのならば問題ないのだろう。

穂邑は深い溜め息とともに、身体のなかの熱をなんとか逃がそうとした。

監禁されているわけではないが外へは行けないし、言われた通りにおとなしくしているしかない。

目を閉じると、すうっと深く沈み込んでいきそうな感覚を覚えた。結構眠ったはずだったのに、身体はまだ睡眠を求めている。それだけ疲れているということなのだろうか。

（あの態度はどうなんだ……）

昨夜穂邑を好き勝手にしたせいなのか、以前にも増して風間の態度は大きくなっている。身体の関係を持った後、一部の男は穂邑を自分のものにしたように振る舞ったが、あれもその一種なのだろうか。

風間には恋愛感情を抱いているし、抱かれもした。だが彼のものになったかと言えば、そうではない。

これまで穂邑を欲したのは、環境もあってすべて同性だった。そして欲しがられたのは、常に身体だけの関係で、恋人やパートナーであることを求められたことは一度もなかったのだ。穂邑自身が壁を作っていたことも、関係があるかもしれないが。

（どこにいても、一緒か……）

求められるのはいつも器だ。この性格では仕方ないかと、穂邑は自嘲に顔を歪《ゆが》めて目を閉じた。

結局風間に起こされるまで、穂邑はソファで眠っていた。

彼に送られて院長室へ行くと、ケータリングのランチが用意されており、久慈原と向かいあって食べながら話すこととなった。とても喉《のど》を通りそうにないが、無理にでも噛んで飲み込んでいくしかない。風間は待っているようなことも言っていたのだが、久慈原に言われていったん病理科へ戻っていった。

「昨日はすまなかったね」

「いえ……」

謝罪されるといたたまれなさが余計に強くなる。久慈原の訪問を忘れてセックスに溺れ、朝まで寝ていた身としては、かえってすみませんと謝りたい気持ちだった。

「それで……世良くんの言っていたことは本当？　いや、嘘なんて言うはずはないけど」

「世良さんは、なんて伝えてくださったんですか？」

「風間先生がチャージャーで、本人は知らない。これだけだよ」

本当に手短に、必要なことを伝えてくれたらしい。穂邑は大きく頷き、視線をやや下へ向けた。

「本当です。何度か接触があって……間違いなく。それで、先生にご相談したいのは、本人に言うべきかどうかということなんですが」

「ああ……うん、それは少し難しいね。君のおかげで、以前ほどではないと思うけど……自分が、となるとまた違うかもしれないしね」

「そうですよね……やはり、言わないほうがいいでしょうか」

「様子見だね。知らなくても支障はないし……ただ、もし君が力を欲しているなら、知られないように取ればいいよ」

もちろん強制はしない、と微笑む久慈原に、穂邑は眉をひそめた。

「力だけを目的に、彼に触れようとは思いません」

まして抱かれようなんて思えるはずがない。本気でなければ、自分のヒーラーとしての能力を生かすため、そういった方法を選んでいたかもしれないけれども。

「現状を維持するのも、世良くん並の力を手に入れるのも、君の自由だよ。世良くんの場合も、副産物だったらしいからね。彼はただ仲越《なかごし》くんに対して情熱的だっただけだ」

「そうみたいですね」

毎日のように抱いていたら、能力が上がりきったというのが真相らしい。もともとチャージャーを欲してはいたのだが、抱いたのは泉流が彼の好みだったからで、偶然粘膜接触のことを知ったのだと聞いた。そしてチャージャーが快楽を得ることによって、粘膜接触状態のヒーラーに能力の底上げが起きることも。

「君たちにも充分にあり得ることだよ。風間先生……この場だから浩史郎でいいか。あの子と寝たんだろう?」

「あ……」

目を瞠る穂邑に、久慈原は微笑みかけた。いつものように穏やかな顔をした彼からは、咎《とが》める様子も嫌悪する気配もないが、穂邑は一瞬目をあわせただけで逃げるように下を向いた。

「申し訳ありません……」

「どうして謝るのかな。必要ないと思うよ。彼だって大人だし、まさか一服盛って襲ったわけじゃないだろう?」

「そうではありませんが……」

「しかも手を出されたのはどう見ても君のほうじゃないか」

「……どうしてわかるんです?」

「君の様子と、浩史郎の態度と性格……いろいろ総合的に考えて、だね。正直言って、今日の君は目の毒だよ。色香に当てられそうだ。浩史郎が休ませたのも、送り迎えをすると言い張ったのも、無理はない。あの子は滅多に執着しないたちだから、たまにすると始末に負えないんだよ。覚悟しなさい」

「執着なんて……」

「しているよ、間違いなく。これ以上は本人から聞きなさい。君の気持ちも、わたしからはなにも言わないでおくしね」

穂邑の気持ちを見透かしたような言葉に、たまらなく恥ずかしくなる。自分ですら昨夜ようやく気付いた感情を、久慈原は知っているのだ。

「さて、実はもう一つ話があってね。近いうちに君と話す機会を設けようと思っていたところなんだ」

「はい……」

口調ががらりと変わったことで穂邑も気持ちを入れ替え、顔を上げた。

「そろそろ君の行動制限を、なくそうと思ってるんだ」

「え？」

「君を信用している、ということだよ。いまの部屋からも移ることになるし、院内を自由に歩きまわれる。もちろん一人でね。ただ念のために病院の敷地外へは出ないほうがいい。外に用事があるときは、同行者をつける。これは監視ではなく、君の安全のためだ」

「は……はい」

思っていたよりも早い時期に判断してもらえた、と思った。まだここへ来て一ヵ月程度しかたっていない。早くても数ヵ月はかかると考えていた。

「早速、院内用の無線LAN携帯を用意させるよ。外部用は明日にでも持って来させよう」

「ありがとうございます」

戸惑いつつも頭を下げ、顔を上げたときには、目の前で久慈原は自らの携帯電話を取りだしてきた。早速手配か、と思っていたら、相手は風間だった。

「迎えを頼むよ。忙しいようなら、わたしが送っていくが……ああ、ではよろしく」

電話を切った途端、彼はくすりと笑った。

「なにか？」

「いや、なにがなんでも来ようという気概を感じたものでね。うん、ちょうどいいから彼にも話そう」

ひどく楽しげな目をする久慈原は、不思議と風間に重なって見えた。見た目も性格もまったく違うのに、少したちの悪そうな目の表情だけは似ているらしい。

穏やかで優しそうに見えて、案外この男もサディスティックな一面があるのかもしれないと、穂邑はひそかに背筋を寒くした。

それからなぜか、久慈原は穂邑の隣に移動してきた。

「あの……これはどういう……？」

「いいからいいから」

まったく答えになっていないが、それ以上は聞けない雰囲気が漂っている。そのうちにドアがノックされた。

ものの一分もしないでやってきた風間は、まず二人の座り位置を見て険しい顔をした。彼の目には、いかがわしい光景にでも見えているのかもしれない。

「ちょっと話がある。座って」

「……はい」

風間はすぐにでも穂邑を連れて退室しそうな勢いだったが、久慈原に言われておとなしく向かいに座った。従順であるはずの彼が、不承不承といった気配を隠し切れていなかったのが印象的だった。

「今日から、穂邑くんの行動制限を解くことにしたよ。したがって、君たちの役目も今日で終わる」

「は……？」

「いままで大変だったろう。助かったよ、ありがとう」

礼とともに頭を下げられた風間はひどく戸惑いながら、自らも頭を下げた。ほとんど反射的だった。

その顔にはありありと戸惑いと疑問が浮かんでいた。

「もう少し先だったのでは……」

「見極めの時間としては充分だと判断した。異論があるかい？」

「いえ……。では、寮に？　来月まで空きはありませんが……」

「うん、だからわたしの私室に移ってもらおうと思ってるよ」

「はい？」

これには穂邑も声を上げてしまった。具体的な話はいま初めて聞いたわけだが、予想の斜め上の言葉だった。

どうやら来月に部屋が空くのにあわせて、穂邑の行動制限は解除される予定だったらしい。風間の態度と言葉からわかった。

ならば突然の決定にはなにか意味があるのだろうか。

「どういうことですか」

尖った声で詰め寄る風間に対し、久慈原はにこやかな態度を崩さない。穂邑には楽しんでいるように見えて仕方なかった。

「寮に空きはないし、わたしの部屋は広い上に週の半分は無人だろう？」

久慈原は週末を挟んで数日は、子供と母親が暮らす自宅に戻るのだ。それは穂邑も聞いていることだった。

「賛成できません」

「おや、なぜ？」

「ただでさえ愛人説があるのに、久慈原先生の部屋に住まわせることになれば、収拾がつかなくなる恐れがあります」

「なにか問題があるかい？」

久慈原はどこまでも涼しい顔をしていた。その態度によって、風間の表情がぴくりと動いたのすら、楽しげに眺めている。

「わたしは独身だし、恋人がいても問題はないだろう？　職員という部分でなにか言われるかもしれないが、穂邑くんは基本的に人前には出ないし、院内の力関係に影響を及ぼす心配もない。母にも好きにしろと言われているしね。跡取り息子は二人もいるし、再婚するも遊ぶも好きにしろというスタンスだよ。もちろん同性でも問題なしだ」

だんだんと話はおかしな方向に流れている。部屋の話が、なぜ久慈原の愛人の話になっているのだろうか。しかも穂邑で問題はないというところに来てしまった。

どういうことだと当惑しているうちに、久慈原はいきなり穂邑の手を取った。

両手で包むようにして手を握られ、ますますどうしたらいいのかわからなくなる。風間ほどではないが、穂邑よりは大きい手だった。

「わたしはチャージャーではないかな」

「え……あ、はい。違いますが……」

これを確認するためかと思いかけ、明らかに違うと考え直す。話の流れからは外れているし、確かめるにしても両手で握りしめる必要はない。まして熱く見つめる理由など皆無のはずだ。

「そうか、残念だな。わたしがチャージャーだったら、君に必要としてもらえたかもしれないのにね」

「え、あの……」

唐突な行動と言葉には、どうしても違和感がぬぐえない。久慈原の意図が見えなくても困惑するばかりだし、射殺さんばかりの強い視線を向けてくる風間も気になって仕方ない。そっと手を外そうとしても、思いがけない力で握られていて叶《かな》わなかった。

「そうそう、風間先生はチャージャーの特性については聞いたかい?」

「いえ」

「皮膚での接触で、力が移るんだよ。センターではチャージャーがヒーラーの手を握ったりして、それなりの時間をかけるんだったね?」

「え、ええ……あの、一体なにを……」

まさか言うつもりかと焦っていると、唇に指を押し当てられた。そして間近から、じっと見つめられる。

なにか考えがあるということが伝わってきて、目を伏せて小さく頷いた。

「いい子だね」

「っ……」

耳に息が触れるほど近くで囁いた後、久慈原は風間に視線を向けた。相変わらず剣呑な目つきをしているが、久慈原は笑顔のままだ。

「それでね、チャージャーがそのとき持つ力をすべて注いだとしても、ヒーラーがすぐ力を使えるようになるわけじゃないんだ。なんていうのかな、いっぱいになっても治療できないほど薄い、とでも言えばいいかな。濃くなるまで待つしかない。だからチャージャーの役割は、回復時間を半分程度に減らすこと、とされている」

「………」

唐突に始まった説明を、風間は黙って聞いている。だがそれだけだった。苛立ちつつ、なにか別のことを考えているのは明らかだ。

「興味なさそうだね」

「自分には関係ありませんから」

「でも知っておいて欲しい。同時に、君の胸にしまっておいてくれ。これから話すことが知られたら、チャージャーの身に危機が迫りかねないからね」

「危機……?」

「そう、セクシャルな意味でのね」

本当に言う気なのだと、穂邑は固唾《かたず》をのんで見守った。そして意図をおぼろげながらに悟った。話してみて、風間が嫌悪感を覚えるかどうかを見ようというのだ。

「どういう意味ですか」

「皮膚での接触より粘膜のほうが、より短い時間で力を移せるんだよ。粘膜同士なら、なおいい」

「粘膜……」

「そう。舌や頬粘膜《きょうねんまく》、生殖器だ。後は……アナルや直腸。切開しないで触れる場所は、どうしても性行為に繋がってしまうだろう？　まぶたの裏なんかは現実的じゃないからね」

風間はなにも言えず複雑そうな顔をし、ちらりと穂邑を見やった。嫌悪はないが、怪訝そうではある。

「情報源は昨日のふたりですか」

「そうだ。もっと興味深いことはね、粘膜同士で接触している状態でチャージャーが強い快感を得ると、ヒーラーが全回復するほどの特別な力が移るそうだ。実際、世良くんは毎日のように治療が可能だ。それも以前より格段に力が上がった」

「……回復するだけでなく能力レベルまで上がると？」

「そういうことだね。レベル自体は少しずつ上がっていくものらしいが」

「センターも知らないことなのか？」

問いを向けられ、穂邑は黙って頷いた。

「知っていたら、仲越くんは複数のヒーラーに犯されていたかもしれないね」

「……それが固有の能力という可能性は？　複数のチャージャーで確認したことではないんですよね？」

「どうかねぇ……世良くんも仲越くん以外のチャージャーと寝てはいないだろうし、センターも把握していないことだから」

嘘は言わずに曖昧にごまかしたが、そう思うのはすべてを知っている穂邑だからであり、風間はまったく不自然に思わなかったようだ。

いつの間にか風間の視線は穂邑に向けられていた。

目が合うと、待っていたように彼は言った。

「もしチャージャーが……決まった相手のいないチャージャーが目の前に現れたら、おまえは力のために寝るのか？」

普段の口調よりも少し早口に聞こえた。

即答はできなかった。力を得るために寝ようとは思わないが、昨夜の穂邑に確認したいという思いがあったことも確かだ。そう考えると、とても否定はできなかった。

「……その人を、どう思うかによります」

穂邑自身が恋愛感情を抱かなくても、それなりに好意を抱いた相手に強く求められたら寝るかもしれない。おそらく自分の貞操観念などその程度だ、と穂邑は思う。

風間はひどく不満そうだった。他人のことをとやかく言えるほど堅いはずはないのだが、穂邑の返答は気に入らなかったようだ。

「仮定の話をしても仕方ないよ、風間先生。それなら、わたしだって自分がチャージャーだったら、と思うからね」

意味ありげに笑って、久慈原は穂邑の手をふたたび強く握る。

「先生……？」

「もし君がヒーラーとして精力的な活動を望むなら、わたしは毎日でも君を抱くだろうな。治療のためじゃないよ。それを理由に、欲しいという気持ちを正当化できるからね」

端から見たら――つまり風間から見たら、久慈原が穂邑を口説いている光景だろう。穂邑だって、以前からその気配を感じていればすんなりと信じ、動揺したかもしれない。

だがいかんせん唐突すぎる。二人きりのときはなんでもなくて、風間が来ると決まってからおかしな言動が始まったのだから、これは風間に向けたパフォーマンスなのだと考えるのが正解だろう。

なぜそんなことをしているのかは、よくわからなかったが。

「まぁ、チャージャーでなくてもそう変わりはないかな」

久慈原は穂邑の頬に手を添え、撫でるようにして首まで下ろしてくる。くすぐったさにも似た感覚に身じろぐと、咎めるような鋭い声がした。

「戯れもいい加減になさってください」

「怖い顔だねぇ」

「穂邑は自分の部屋で引き取ります。空きが出るまでのあいだですから、補助ベッドで問題ないはずです」

「そんなことをしなくても、わたしのところでいいんじゃないかな」

「よくありません。久慈原先生が迫ったら、穂邑は立場的に断るのが難しいんです。それをわかっていて看過することはできません」

強い語調で言い切られても、久慈原は困ったように笑うだけだ。ただ穂邑にしか聞こえないような声で、「必死だね」と笑うばかりだった。

一応風間の言い分は理にかなっているが、久慈原の人柄を否定するような言葉だということをわかっているのだろうか。パワーハラスメントをするような人だと思っているのだろうか。

「無理強いをするつもりはさらさらないよ。気持ちを告げて、口説いて、それで穂邑くんがいいと言ってくれたら……という話だ。君にじゃまされる理由はないいんだけどなぁ」

「ですが、こいつは俺と……」

「君と、なに？」

わかっていて尋ねていることは風間も気付いただろう。わずかに躊躇《ちゅうちょ》した後、彼ははっきりと言った。

「俺とこいつは寝ています。もちろん合意です」

継続的に寝ているような言い方と合意の部分には、いろいろと言いたいことはあったが、最初に流れを作ったのは間違いなく自分だとわかっているので、あえて黙っていることにした。第三者がいるのに、突っ込んだ話はしたくなかった。

久慈原は承知しているとばかりに大きく頷く。

「まぁ大人同士だし、そういうこともあるだろうね。でも恋人じゃないんだろう？」

「それは……」

「では割り切った関係、ということだね。だとしたら君にはなんの権利もないよ。そうだろう？」

久慈原の言葉もまた正論だ。それ以上なにも言えなくなったらしい風間は、矛先を穂邑に向けた。

「……おまえはどうなんだ」

「え？」

「久慈原先生の部屋へ移るのに異論はないのか？　口説くともおっしゃってるが……まんざらでもないのか？」

ただの質問なのに、まるで責められているようだ。否定以外は許さないといった気配をひしひしと感じる。

苦笑して穂邑は口を開いた。

「大変光栄だと思いますが、正直いまは困惑しかないですよ。部屋に関しては……わたしには決めかねますので、久慈原先生の判断にお任せしたいと思います」

本音を言えば、久慈原の申し出はありがたかった。昨夜のこともあり、風間といるのは気まずいし、同じ部屋にいたらまた同じことを繰り返しそうな気がしている。穂邑自身の感情として、いまは距離を置きたかった。

舌打ちこそしなかったが、いまにもその音が聞こえてきそうな顔を風間はしていた。いいとは言えない空気を破ったのは、久慈原への電話だった。相手を確かめてすぐにボタンを押した彼は、先ほどまでの表情を一変させていた。

「どうした？」

漏れ聞こえてくる声は堀のもので、ひどく緊張感を漂わせていた。頭を打ったという外来の患者が突然意識を失ったらしい。現在ＣＴを撮っているところで、緊急手術が必要かもしれないと言う。

「すぐに行くよ。例の態勢を整えておいてくれるかい？　うん、そう」

短く指示を与えると、久慈原は通話を終えた。

「話は後だ。穂邑くん、コンディションがいいようなら一緒に来てくれるかい？　君の力が必要かもしれない」

「は……はい」

「風間先生は、野沢先生に決定を伝えておいて。後でこちらからも話すけどね」

「……わかり……ました」

慌ただしく院長室を出る久慈原に続き、穂邑と風間も廊下へ出た。だがここで風間とは別れることになり、穂邑はとりあえず頭だけ下げて久慈原についていった。もの言いたげな視線には気付かないふりをした。

「風間さんにも隠す気はないんですね」

充分に風間から離れたのを確認してから穂邑は尋ねた。さらに念のため、ギリギリ聞こえる程度の小声にした。

「当然だろう？　彼は協力者だ」

「……そうですね」

「堀先生たちには、うまく説明しておくよ。誰がチャージャーかという話は伏せておくけどね。本人の希望ということで」

「お願いします」

「治療が必要になった場合は、頼むよ」

「はい」

力は充分に満たされているし、レベル自体も少しではあるが上がっている。たとえば瀕死《ひんし》の状態から完治させることは無理でも、治療可能なところまで回復させることはできるだろうし、場合によっては余裕を持って完治させられるだろう。

「スタッフは事情を知っている者だけだから心配はいらないよ。世良くんが治療をするときのメンバーだ。堀先生から君の説明もしてもらっているからね」

「はい」

白衣を借りて消毒をすませるあいだに、子供の泣き声が聞こえてきた。必死に宥《なだ》める女性の声もあった。気にはなったが、聞ける状態でもなく、久慈原とともに手術室へ入った。

なかは緊迫した様子だった。横たわっているのは若い女性で、目立った外傷はない。階段から落ちて頭を打ったと言って自らの足で来院したのだが、話しているあいだに意識障害が起きたという。

穂邑は久慈原とともに、堀から状態を聞いた。

頭蓋《とうがい》骨折はないが血腫《けっしゅ》が見られ、開頭手術が必要な状態だった。

「さっき泣いてたのは、お子さん？」

「はい。二歳になったばかりの」

久慈原も泣き声は気になっていたらしい。堀の言葉に頷くと、彼は穂邑をじっと見つめた。

「傷を再生した上で、血腫を自然吸収させることでしたら可能です」

「どうかな？」

「頼むよ」

CTを見て確認し、穂邑は患者に近づいていく。慣れているスタッフは場所を空け、穂邑のために椅子を用意した。

この再生治療自体はそう難しくない。進行した悪性の腫瘍《しゅよう》などとは違い、小さな外傷を治して血腫を消滅に向かわせることがメインだからだ。深刻度は関係ない。ヒーラーの治療にとっては傷が大きいか小さいか、病気の進行が進んでいるか否かなどが重要なのだ。

患者の手を取り、反対側の手で患部の近くに触れる。

必ずしも患部に触れる必要はないのだが、穂邑はそのほうがいいような気がして、ずっとこうしてきた。

治療とはいっても、厳密に言うとヒーラーは治しているわけではない、と穂邑は思っている。状態を戻しているというイメージのほうが近いのだ。もちろんそれは見解がわかれるところなのだが。

力の流れを感じながら、患部を元の状態に近づけるためにイメージし続ける。そうしないと、患者が別の場所に問題を抱えていた場合、そちらに力を取られてしまうこともあるからだ。実際、過去にはヒーラーが意図しなかった場所に力が及ぶこともあったらしい。センターにいる頃、話を聞かされたことがあった。

脳の損傷のことも考え、再生を促す。なるべく早く彼女を子供の元へ帰すため、穂邑はもてる力をすべて注いだ。

時間にして二十分ほどだろうか。穂邑が手を離すと、確認のためにスタッフが彼女を運び出していった。

問題なく治療を終えたはずだが、やはり目に見える結果が出るまでは緊張する。世良の治療に慣れている病院スタッフのほうがよほど落ち着き払っていた。

「お疲れさま」

久慈原に肩を叩かれ、穂邑は慌てて立ち上がった。

「いい結果が出るといいんですが……」

「すぐにわかるよ」

治療した穂邑自身より、久慈原のほうがよほど確信があるようだ。それだけヒーラーの力を信頼しているのだろうが、その信頼は穂邑ではなく世良が作り上げたものだった。

それから間もなくして、画像が室内のパソコンに映し出された。撮ったばかりのＣＴの画像だ。

「ああ……きれいに消えてるね。新たな出血もないようだ」

以前の穂邑ならば傷を治すことはできても、血腫をこれだけ短時間で吸収させることはできなかっただろう。

久慈原の言葉にスタッフたちは喜色を浮かべ、それからようやく穂邑に話しかけてきた。いままでは頭を下げたりするだけで、必要以上に近づかないようにしていたらしい。

「お疲れ様でした」

「後ほどあらためてご挨拶させていただきますね」

「ありがとうございました」

比較的手が空いた者たちばかりだったが、彼らも短い言葉だけかけてすぐ仕事に戻っていった。残ったのは傍らに立つ久慈原だけだ。

「ありがとう。開頭しなくてすむなら、そうしたかったんだ」

何日かは入院することになるというが、開頭手術をすることに比べたら格段に日数は少なくてすむし、後遺症が出る確率もほとんどなくてすむ。

子供の泣き声はいつの間にか聞こえなくなっていた。泣き疲れて眠ってしまったのかもしれない。

「疲れただろう。少し休もうか」

促されるままに手術室を出て、院長室に戻った。コーヒーをいれてもらい、半分くらい飲んだところでようやく一息ついた。

久慈原は向かい側に座っている。風間がいなければ、やはり普通の態度だ。

「わたしの治療のことは、患者さんにどう伝えるんでしょうか？」

「後でＭＲＩも撮って、異常はないと説明するよ。脳しんとうだろうという感じで、押し通すことになるね」

「そうですか」

「現段階では、ヒーラーは完全に裏方だ。患者さんに感謝されることもない。それでもいいなら、これからも協力してくれないか」

「もちろんです。感謝は、なくてかまいません。センターでも、そう手厚くはなかったですよ。患者さんは治ったという実感がありませんから、治療直後はとりあえずといった感じで礼を言う人がほとんどです。その後で検査を受けて治療が成功したという結果を見せてもらったときは心底喜ぶんでしょうが、そのときにはわたしたちは目の前にいませんからね」

ましてスタッフは誰もなにも言わない。それが当然だからだ。さっきはスタッフから感謝の意が籠もった視線や言葉を向けられてむしろ戸惑ったほどだ。

「なるほどね、そういうものか……」

「あの、ところでわたしは今日からどうしたら……？」

「そのことだけど、君はどうしたい？　大事なのは君の気持ちだからね、希望通りにするよ。私の部屋か浩史郎の部屋か、いまの部屋で一人でいるか。どのみち寮に空きが出るまでの限定的なものだけどね」

さんざん風間を挑発しておきながら、結局は穂邑の意思を尊重するらしい。やはりあれはなんらかのパフォーマンスだったのだ。

「てっきりいまの部屋は使えなくなるのかと思ってました」

風間がいるときはまるで二択のような雰囲気だった。だから近いうちに特別な患者が入るのだろうかと思っていたのだ。

「使えるよ。さっきは、あえて言わなかっただけでね」

「先生は風間さんになにがしたかったんですか？」

「いろいろと確認をして、あわよくば自覚を促そうかな、とね。おかげで睨まれちゃったよ。あの子からあんな目で見られたのは初めてだったな」

ショックを受けたような口ぶりだが、顔は完全に笑っていた。なにが楽しいのかさっぱり理解できなかった。

「わたしを睨んでいたんじゃないんですか？」

「まぁ君のことも睨んでいたけどね。意味はちょっと違っていたかな。わたしはライバル認定してもらえたようだよ」

「いや、あの……」

「うん？　まさかこの期《ご》に及んで、あの子の気持ちがわかってない……なんて言うんじゃないだろうね？」

故意に咎めるような言い方をしているが、今度も顔は笑っていた。久慈原は実に楽しそうだが、穂邑にそんな余裕はなかった。

この話は院長室からの続きだ。急な治療が入ったから一時的に考えずにすんでいたが、そうでなければずっと頭を悩ませていたところだった。

「……恋愛感情とは限りません」

「でもかなり嫉妬《しっと》していたよ」

「独占欲は、愛や恋じゃなくても湧くものでしょう？　気持ちがなくてもセックスはできますし、一度寝ただけで自分のもののように振る舞う男は、結構います」

「ちゃんと付き合った相手はいなかったの？」

「そんな奇特な人はいませんよ」

見た目に興味を抱かれることはあっても、中身まで知ろうとする者はいなかった。泉流との関係はまた別だ。彼は穂邑自身を見てくれたが、恋愛感情を抱いていたわけではなかったのだから。

経験してきた上での事実を語ると、久慈原は天を仰いで溜め息をついた。

「なるほど……これは手強いなぁ……」

「はい？」

「いや、なにをどうしたらここまで感情の行き違いが起きるんだろうと思っていたんだが、ようやく納得したよ。しかも相手は浩史郎だしねぇ」

「行き違いというか……」

「余計な口出しは野暮だと思ってたんだけど、これは放っておいたらダメなパターンだね。思い詰めたらなにするかわからないしなぁ……ああ、浩史郎の話ね。昔の話を、少しは聞いてるかな?」

「……ご家族の事情と、家出していたことなら」

「そうか。自分から話したんだね」

満足そうな久慈原の顔は兄のそれだ。ちょっとした誤解と過剰な期待をされているような気がして穂邑は落ち着かない。風間が自らの生い立ちや過去の出来事を語ったからといって、恋愛と直接結びつくわけではないだろう。それほど重大なことではないのかもしれないし、仲間としての信頼なのかもしれないのだから。

「世間話のようなものですよ」

「浩史郎が世間話をすると思うかい? まして自分でみっともないと思っている話をするんだから、君は特別なんだよ。家出の話は野沢先生ですら知らないからね」

「友人として認めてくれたのでは……?」

「君をどうでもいい人間だと思ってるなら、昔話はしないよ。そしてね、身内だと思っているだけなら抱かない。友人もね。家出中に誰とでも寝ていたのは、相手のことをなんとも思ってなかったからだし、わたしから保護と観察を頼まれているのに手を出したということは、よっぽどのことなんだよ」

久慈原は当時のことをほぼ把握しているようだった。刺されて担ぎ込まれたにもかかわらず、院内に女性関係などの噂が残っていないのは、久慈原がうまくごまかして周囲を納得させたからなのだろう。

「風間さんは、なにも言いません」

「君は言ったの？」

「……いえ」

「だったらイーブンだね。告白する気は？」

穂邑は黙ってかぶりを振った。自分から言う気がないのは、穂邑から見て風間が自分に本気だとは思えないからだった。執着はしているだろう。だがさっきも言ったように、それが恋愛感情に基づくものという確証はない。

「彼がわたしと寝たのは、酔った勢いもありましたし、わたしが挑発したせいでもあります。それにもし中途半端な……曖昧な感情だとしたら、わたしがなにか言うことで、変な誘導になってしまうかもしれない」

「別にいいじゃないか。誘導されて君を好きだと思うなら、それはなるべくしてなったということだよ」

しきりに焚《た》きつけてくるが、穂邑は聞き入れる気などなかった。それを表情から察したのか、久慈原は残念そうな顔をした。

「本音を言えば、浩史郎の部屋に君を押し込めたいところだな。まぁ、君としてはいまの部屋がいいんだろうね」

「はい」

「わかった。じゃあ引き続き、あそこを使って。明日には外部用の電話も届くから、そんなに不便ではないだろうしね」

「ありがとうございます」

結果的には穂邑の希望通りになったものの、思いがけず胸の内をさらけ出すことになってしまった。風間には黙っていてくれるというが、穂邑が動くことを前提に少し待ってみる、というスタンスのようだった。

「ああ、そうだ。一つ訂正。本人にチャージャーだと伝えるか否か……だが、言ってもかまわない気がしてきたよ。浩史郎の反応を見る限り、大丈夫じゃないかな。君の判断で、機会があったら言ってみて」

「……機会があれば」

暗にないだろうと告げたが、久慈原は頷くのみだった。

「じゃ、気をつけて」

激励のまなざしで見送られるという、なんとも落ち着かない状態で院長室を後にし、初めて一人で院内を歩いた。

途中で何人かとすれ違い、会釈だけ交わしたものの、話しかけてくる者はいなかった。

頭のなかは久慈原と話したことでいっぱいになっていた。再生治療の達成感だとか喜びも忘れそうなほどに。

(あの人は、わたしと風間さんをまとめたいのか……)

なぜか相思相愛だと確信してしまっているらしい。根拠はいろいろと聞いたが、いずれも穂邑の意識を覆すには至らなかった。

風間のこれまでの言動は、穂邑が知る過去の男とそう変わりはない。誘う穂邑が悪いと言って抱こうとするのも、抱いた後で自分のものだと言わんばかりの態度を取り、独占欲をあらわにするのも。

「なにも言わないのも、一緒だ……」

偽りの愛さえ囁かないのも共通点の一つだ。騙す気はないという意味ならば、ある意味で誠実なのかもしれないが。

誰かが自分のことを本気で想ってくれたり、恋をしてくれるなんて、穂邑には想像できないことだ。泉流たちのように互いを求めて満たしあう関係が、自分に築けるとはとても思えなかった。

溜め息は思いがけず大きく響き、さらに憂鬱な気分にさせてくれた。

朝から感じていた倦怠感《けんたいかん》に、緊張状態から解かれた後の疲労感が重なり、身体がつらくて仕方ない。

ベッドに行く気力もなくなり、そのままソファに横たわった。

一人で過ごす部屋はこんなにも静かで広いのだと、薄れていく意識のなかでぼんやりと考えた。


かすかな物音と人の気配に、穂邑はゆっくりと覚醒《かくせい》した。

意識は浮上しつつあるが、半分はまだ眠りに捕まったままで、目を開けることも出来ずにぼんやりと誰かが近づいてくるのを感じていた。

頬にかかったほつれ毛がそっと払われたかと思ったら、次の瞬間にも身体がふわりと浮き上がっていた。

はっと息を飲み、穂邑は目を開く。

目の前には風間の仏頂面があった。

「あ……」

「寝るならベッドに行け」

「じ、自分で行きます。というか起きたのでもう……」

「顔色が悪い。いいからあっちで寝てろ。風邪でもひかれたら面倒だからな」

相変わらずのもの言いだが、悪気がないのはわかっているから特に腹も立たない。下りる下りないで言いあいをする気もなく、穂邑はおとなしく寝室のベッドまで運ばれた。女性のように軽いはずはないのだが、さほど苦もなく運ばれてしまった。

「あ、ありがとうございました」

以前もきっとこうやって運んでくれたのだろう。いまさら蒸し返しても仕方ないからあえて言わないが、あのときの分も含めるつもりで礼を言った。

穂邑をベッドに下ろしてからも、風間は出て行くことはなかった。かといって座るでもなく、傍らに立っている。無言で寝ろと圧力をかけてくるので、仕方なくベッドに入ったが、さすがに横にはならずヘッドボードにもたれるだけにした。

「結局、この部屋なのか」

「ええ」

「久慈原先生は納得してるのか?」

「納得もなにも、わたしの判断に任せてくださいましたよ」

事実をありのままに言ったのに、風間はしかめっ面をした。なにが気に入らないのか、さ

っぱりわからなかった。

「甘いんだな」

「いや、そういうことではなくて……」

「あの人はああ見えて強引な人だぞ。おまえのしたいようにさせるっていうのは、それだけ甘やかしてるってことじゃないのか」

「だから、前提が間違ってるんです。久慈原先生は本気であんなことおっしゃったわけじゃない。冗談を真に受けないでください」

まさか「風間の反応を見ていた」だの「焚きつけるつもりだった」だのとは言えないから、冗談ということにしておいた。だが納得できない風間は、苛立ったように溜め息をついた。

「ただの冗談だとは思えないから言ってるんだ」

「……一体どうしたんですか？」

そもそも風間が訪ねてきた理由もわからない。そもそも今日の当番は彼ではなかったのだし、まだ野沢が挨拶のために来るほうが自然だったろう。

わずかに口ごもった後、風間は穂邑を見据えた。

「今日の急患、意識をなくしたのは頭部の外傷とは関係なく貧血……ということにしたそうだな」

「ああ、そうなったんですか」

「おまえに聞きたいことがある。いや、確かめたいこと……だ」

当然の疑問だと思ったから、穂邑は頷いた。まさか今日のうちに訊《き》かれるとは思っていなかったが、早いか遅いかの問題だ。もう腹はくくっている。

「おまえがここに来た日は、例の公開治療があった日だったな」

「……ええ」

あれは穂邑がセンターのヒーラーとして果たした最後の治療だった。センターが広く治療を行っている、というパフォーマンスのために、服役している女囚の治療をすることにしたのだ。そしてその際のヒーラーとして穂邑が選ばれた。公開といっても顔や氏名を晒したわけではなく、治療の予定を事前に明らかにしたというだけなのだが、そこにはもう一つの目的もあった。行方《ゆくえ》のつかめない泉流をあぶり出すための餌《えさ》として、唯一親しくしていた穂邑が選ばれたわけだった。

とにかくその帰りに穂邑は出奔した。本来ならば、まだ回復するはずがないのだ。それを風間は言いたいのだろう。

「それに、穂邑のレベルではあそこまで完璧には治せないはずだ。俺がもらった資料にはそう書いてあったぞ」

「……そうでしたね」

言ってもいいと、許可はされている。それに疑念はそのままにしておくと危険だ。穂邑への不信感だけならばいいが、久慈原への信頼に影響があるようでは困る。

考えているあいだにも、風間は疑念を吐き出すように言い続けていた。

「いつチャージャーと接触したんだ。この短い期間で全回復して、しかもレベルが上がってるってことは、そいつと寝たってことか」

語調が強くなると同時に、風間は間近に迫り穂邑の肩をつかんだ。

「……寝ましたよ」

答えた瞬間に、肩に加わる力が強くなった。痛いほどの力に顔をしかめても、気付いていないのか無視しているのか、まったく緩めてくれる様子はない。

「あの少年はあり得ないな。世良とかいう男が許すわけがない。ほかにチャージャーがいるんだな?」

「少し落ち着いてください」

「いいから言え。いつチャージャーと会った? 誰がそうなんだ? もしかして、久慈原先生なのか? だから俺を牽制《けんせい》しようと、急にあんな話をしたんじゃないのか」

そんな曲解をするとは思っていなかったから、唖然《あぜん》としてしまう。自分がそうだとは微塵《みじん》も思わなかったらしい。

自然と穂邑は笑っていた。

「なにがおかしい」

「いえ……どうして自分がそうだとは思わないのかな、と」

「……俺が？」

いぶかしげな呟《つぶや》きの後、風間は初めてその可能性を考えたといった顔をした。

「あなたですよ。わたしと寝たチャージャーは、あなたです」

「まさか……」

驚くよりもまず穂邑の言葉を信じていないのがありありとわかった。だから穂邑はそっと風間の手に自分のそれを重ねた。

それだけで力が少しずつ流れ込んでくる。

「いまも、あなたから力が入ってきてますよ」

「俺、なのか……本当に……？」

「ええ」

風間の表情がこわばるのが見え、思わず目をそらしてしまった。絶望に染まる彼の顔は見たくなかった。

すぐに手を下ろし、小さく息をつく。風間の手は肩にあるが、さっきまでとは違い力は入っていなかった。

「……いつ、わかったんだ……？」

やがて風間の掠れた声が聞こえてきたが、顔は上げずに答えた。

「握手をしたときです」

「そんなに前か……。久慈原先生は知ってるのか……？」

「ええ。でも言ったのは今日です。本当は昨日の予定だったんですけど……」

そこまで引っ張った理由も穂邑は手短に説明した。さすがに久慈原への信頼云々《うんぬん》は言えないから、たんに迷っていたということにしたが。

そのあいだ、風間は一言も発することはなかった。穂邑の言葉が耳に入っているのかもあやしいものだった。

やはり相当ショックだったようだ。これは久慈原に知らせたほうがいいだろう。

「……穂邑」

ふたたび肩をつかむ手に力が入り、穂邑の緊張も高まった。

「はい」

「おまえ、俺と寝たのは……」

風間の言葉は来訪者を告げるインターフォンによってかき消され、そのまま遮られてしまった。

気にはなったが、続きを言う様子はなかったので、穂邑はベッドから下りて足早に玄関へ向かった。思いのほか簡単に風間の手は外れた。

相手を確認し、久慈原だったことにほっとしながらドアを開けた。本当は勝手に入ってこられるはずだが、そうしないところが良識的だ。

「少しいいかな」

「あ……はい。あの、いま風間さんが来てるんですが……」

「ああ、だったらこれだけ渡しておくよ」

差し出されたのは院内用の携帯電話だった。すでに必要な番号は登録してあるという。確認のために呼び出すと、久慈原のほかに三人の協力者、病院の代表番号や各科の番号が入っていた。

「ありがとうございます」

「邪魔して悪かったね」

やけにいい笑顔を残して帰ろうとするのを、穂邑は慌てて引き留めた。むしろ帰って欲しくなかった。

「お話ししたいことがあったんです」

「でも、いるんだろう?」

「いますけど……別に先生が思ってらっしゃるようなことじゃありません。ついさっき、あのことを教えたので、ショックを受けてしまっていて……しばらく目を離さないほうがいいかもしれません。場合によってはカウンセリングを受けさせたほうがいいかと」

「うーん……まぁ必要ならね。少し話してみるよ」

「お願いします」

久慈原は部屋に入ってきがてら穂邑の肩を軽く叩き、寝室へ入っていく。二人連れだって出てきたのは、一分もしないうちだった。話がついたのかと思ったが、そうではないらしく、場所を変えてあらためてするということでまとまったようだ。

穂邑はなるべく風間を見ないようにして久慈原と話した。

「わざわざありがとうございました」

「じゃあ連れて帰るからね。それと、ここの暗証キーを変えよう」

久慈原は風間を廊下へ出して待っているように言うと、出入りのための暗証キーを穂邑に変更させた。そうしないと協力者たちが好き勝手出入りできてしまうからだ。もちろんほかの二人はそんなことはしないので、風間の侵入を阻むことが目的らしい。焚きつけたりじゃましたり、久慈原の考えは本当によくわからない。

「よし、これでいい」

「お手数をおかけしてすみません」

「明日はゆっくり休みなさい」

外来同様に病理科も休みになるのだ。もちろん入院患者は大勢いるし、人間ドックなどに訪れる人たちはいるから、週明けにはまた検体が山ほど待っているだろう。

見送りはいいからと言われ、そのまま穂邑は一人取り残されることになった。結局風間とは目もあわせなかった。
つかまれていた肩に手をやり、小さく溜め息をつく。
なんとか二日のうちに気持ちに折り合いがつけばいいと、願わずにはいられなかった。

朝からやけに天気がいい。

窓から外を眺め、穂邑はぼんやりとそう思った。

日差しも柔らかだし、風もほとんどないようだ。病院の敷地内にある梅が見頃となっていて、鮮やかな濃いピンクがとても美しい。今年は咲き始めが少しばかり早いのだという。

せっかく自由に歩いていいと言われているのだから、まだ出たことがない庭へ行くのもいいだろうと、コートを取り出して袖《そで》を通した。センターから持ち出せた数少ない私物の一つだ。身一つで来たので、いまのところは身に着けていたものだけなのだが、近々代理人を通し、センターから私物を引き取る算段になっている。養父母との思い出の品が手に戻ってくるのはやはり嬉しかった。

外へ出てみると思いのほか暖かくて、確実に季節が移りつつあるのを実感した。穂邑が来たときはまだ寒い時期だったから、バイクの後ろに乗せられて逃亡を図ったときは、寒さでどうにかなるんじゃないかと思ったものだった。

庭には思ったよりも人が多かった。やはり天気のよさと暖かさに誘われた者が多いらしい。

「こんにちは」

入院患者と自然に挨拶を交わし、窓から見えた梅の木を目指した。ほかにも梅の木はあったが、そのほとんどは白だったし、紅梅のなかでも色が一番濃いのはあの木だった。

思えばセンターの庭にも花をつける木はあった。だがそれを愛《め》でようなどという気持ちには、ついぞならなかったのだ。

少し離れたところから、花を眺めた。それでも頭のなかを占めるのは風間のことだった。気分転換になるかと思って出て来たのに、どこにいようと、なにをしてしようと、大して変わりないようだ。昨日からずっとそうなのに、なに一つ考えはまとまらないし、進んでもいない。

あれから風間と久慈原がどんな話をしたのか、穂邑はなにも聞いていなかった。久慈原も風間も訪ねて来ないままだ。

おかげで自分の気持ちさえ、よくわからなくなっている。

(もしまた求められたら……受け入れるのか……?)

拒むのは難しいような気もするが、受け入れるのは正しくないように思う。力は得られるし、それが治療にも役立つのは事実だが、遠からず穂邑の心が耐えられなくなりそうな気がする。

もちろん風間が穂邑を抱きたがることが前提だ。昨夜の態度を見る限り、そうでない可能性のほうが高いだろうから、悩むまでもないかもしれないが。

いつの間にか花など見ていなかったことに気付き、苦笑をもらす。これならばまだ歩きまわっていたほうが楽かもしれない。

人の姿が見えないあたりから移動し、患者やその面会で訪れている人たちを視界に入れながら、ぶらぶらと庭を歩いていく。先ほど挨拶を交わした患者が話しかけてきたので、立ち止まって少し話をした。来週のなかばには退院できるという老婦人で、いくつか花の名前を教えてくれた。穂邑が病院の職員だと知ると目を輝かせてどこの科か尋ねてきたが、病理科だと言うとかなり残念がられてしまった。会う機会はまずないからだ。

それから間もなく彼女と別れ、戻りがてら院内のカフェにでも立ち寄ろうかと思い立った。他愛もない話をしていたら気も紛れたので、まだ一度も行っていない場所を覗いてみようという気になった。

思いつくままに足を向けると、外来用の駐車場へ繋がる道で人が蹲《うずくま》っているのが見え、慌てて近づいた。小さな背中は華奢《きゃしゃ》な女性のものだった。

「どうしました、大丈夫ですか？」

膝を折って顔を覗き込むと、若いその女性は苦しそうにきつく目を閉じたまま、小さく頷いた。思ったよりも顔色は悪くないが、額に変な汗が浮かんでいる。とても大丈夫そうには見えなかった。

幸いここは病院だ。外来は休診日だが、診てもらうことはできる。資格はあっても現場に立ったことがほとんどない穂邑には、彼女にできることなど限られていた。

とりあえず彼女は入院患者ではなさそうだ。検診に来た者か見舞客なのか、あるいは私服姿のスタッフなのか。

まだ使ったことのない携帯電話を取り出すと、それを見て彼女は慌ててかぶりを振った。

「すみません、本当に大丈夫です。胃けいれんですから……薬も持ってますし」

「でも診てもらったほうが……？」

「いつもはないんです。ストレス溜まってくると、来ちゃうだけで……本当に大丈夫ですから。いまちょっと楽になったので」

笑顔を作って彼女は立ち上がる。痛みには波があり、いまは引いている状態だという。無痛ではないが比較的楽らしい。

穂邑の力が使える状態ならば治してやれるのだが、昨日使ったばかりでは到底無理だ。風間と多少の接触はあったものの、あの程度でどうにかなるものではないのだ。

「薬は飲んだんですか？」

「水を持ってなくて……」

「確か駐車場に自動販売機があったはずです」

実際に見たことはないが、院内の見取り図やさまざまな配置は頭に入っている。ここからならば一番近いはずだ。

「ありがとうございます……車で来たから、ちょうどいいかも……」

ふらふらしている彼女を放っておくのは心配で、穂邑は横を歩いて行くことにした。

「申し遅れました。わたしはここのスタッフで穂邑と申します」

ＩＤを見せて安心させると、彼女は少し顔を赤らめて頷いた。若い女性にはよくこういう反応をされたので、必要以上に笑顔を見せることはせず、前を向いた。センターで面談をしているときは日常茶飯事だった。

「今日はどなたかのお見舞いですか？」

「はい、友達の」

また痛みが襲ってきたのか、彼女は立ち止まった。

「車はどれですか？」

「あの小さい水色のです」

視線の先にはパステルブルーのコンパクトカーが止まっていた。スペースは結構空いているが、何台もの車が端のほうにほぼ固まっており、彼女の車以外は背の高いワンボックスタイプやＲＶ車ばかりだった。

彼女は支えなしでも歩けるようなので、先に行かせることにした。

「車で待っていてください」

「え、でも」

「気にしなくていいですよ。スタッフはただなんです」

ＩＤカードは電子マネーのような役割も果たし、スタッフは院内で買えるドリンクは基本的に無料だ。ただし常軌を逸した買い方をした場合は、問い合わせが来るようだ。

ミネラルウォーターを買って車まで行くと、彼女は運転席のドアを開けたままシートに座り、すでに薬を手に待っていた。

「すみません、お言葉に甘えます」

差し出したペットボトルを受け取った彼女の膝から、小さなバッグが転がり落ちた。慌てて拾おうとするのを制し、穂邑は屈《かが》んでバッグを拾った。

がらりと背後のドアが開く音がしたのはそのときだった。

音がした直後、振り返る間もなく口を塞がれた。

「っ……」

白い布が視界に入り、とっさの判断で息を止めて抵抗するが、背後から穂邑を抱え込んでいる男はかなりの大柄で、必死にもがいてもびくともしない。

じっと見つめてくる彼女と目があった。

驚くでもなく怯えるでもない。ひどく冷静な目をした彼女からは、先ほどまでのしおらしい雰囲気は微塵もなくなっていた。

はめられた。彼女はここまでおびき寄せるための囮《おとり》だったのだ。

そう悟ったとき、いきなりバチンと大きな音がして、衝撃が身体を襲った。

硬直した後すぐに身体は崩れ落ち、なにをされたかわからないまま、男によって車に乗せられそうになった。吸い込んだ薬のせいもあって意識は途切れかけていた。

遠くで誰かが叫んでいる。風間の声に聞こえたが、よくわからない。

羽交い締めにされていた身体は、崩れるようにして地面へ落ちた。

争うような声と音は、次第に激しくなっていくのに、穂邑にはどんどん小さくなっていくように聞こえる。

大勢の気配があったような気もするし、怒号が飛び交っていたような気もする。だがすべては遠い出来事のように感じられた。

「穂邑……っ」

冷たい地面から抱き起こされ、温かな腕に包まれる。縋り付きたいのに腕は動かず、それどころかまぶたすら持ち上げられなかった。


朦朧《もうろう》とする意識のなかで、何度も何度も甘い衝撃を味わった。

夢なのか現実なのかわからないのに、長く続く快感だけはいやというほどに生々しい。自分の意思では動かない身体も、びくびくと震えることだけは出来ている。

「んっ、ん……ふ、ぅ……んんっ……ぁ……」

急に息が楽になり、穂邑は足りない酸素を補うようにしてせわしなく呼吸を繰り返した。

あまやかな痺れはまだ全身を包んでいるが、相変わらずどこもかしこも力が入らない。

「力を使え、穂邑」

手をつかまれ、指先で自分の首を――強く脈打つ部分を触らされた。

「自分を治療しろ。薬がまだ残ってる、麻痺《まひ》した部分を『戻せ』」

耳元で囁かれ、ぼんやりと注意がそちらへと向かう。風間は根気よく治療のイメージを告げ、導かれるままに穂邑は緩慢な意識を指先にそそいだ。

すうっと霧が晴れたように、頭のなかがはっきりとした。同時に身体に力が入るようになった。

目を開けて最初に見たのは、心配そうに見下ろしてくる風間の顔だった。

「話せるか」

「は……はい」

「気分は?」

特に問題はない、と答えようとして、異常に気がついた。

見下ろしてくる風間は裸だし、穂邑もそうだ。ここはベッドの上だし、なにより身体のなかにとんでもない存在感を主張しているものがある。

「あ、あの……」

「どうした?」

「いや、どうしたじゃなくて……じょ、状況が飲み込めません」

目が覚めたら全裸で、大股《おおまた》を広げて男を飲み込んでいた、なんて——。

しっかりと繋がったままの身体は芯が熱くて、倦怠感がある。肌の表面はピリピリと過敏になっているようだし、汗ばんでもいた。

どう考えてもセックスの最中だ。いや、激しく達した後に意識を飛ばし、戻ってきたときのようだ。そんな経験は以前はなかったが、つい先日、風間によって経験させられたばかりだった。

「とにかく、離れて……」

「断る」

きっぱりと言い切り、風間は逃がすまいとでも言うように穂邑を抱き込んだ。裸の身体が重なる、たったそれだけのことがひどく穂邑の胸を騒がせた。

「状況がわからないんだったな。使われた薬が抜けるのは時間がかかるし、長引けば肝機能に異常を来す可能性があるってことで、おまえ自身に治療させることにした。そのために、俺が力をそそいだというわけだ」

「だからって、意識がないのにするなんて……」

「世良とかいう男の入れ知恵だ。本当は世良を呼んで治療させたかったらしいが、自分で出来るはずだと言って断ってきたらしい」

ひどい、と思ったが、本人がいないのだから言っても仕方ない。

もしかして世良は普段から意識のない泉流を襲っているんじゃないか、という疑惑と心配も同時に胸を過《よぎ》った。

「それよりも世良は犯人特定に時間をかけたいそうだ」

「つまり捕まっていない？」

「残念ながらな。最初は一人だったし、犯人を捕まえるよりおまえの安全を確保するほうが大事だろ？」

指を絡めながら言われると、とんでもなく甘い言葉に聞こえる。口調はいつも通りの淡々としたものだというのに、穂邑を見つめる目が妙に優しいのも原因だろう。

急に恥ずかしくなって顔を背けた。きっと顔は赤くなっているに違いない。

説明によると、すぐ後で警備員が駆けつけたようだが、犯人たちは車で逃亡してしまったらしい。ナンバーは偽造だったが、警備員とともに一人の男の顔を見たので、いまはそれを手がかりに世良やその仲間たちが調べているところだという。穂邑はもう少し落ち着いたら、囮役の女の顔を証言することになるようだ。

「警察には……？」

「届けていない。へたに騒ぎにしたら、おまえを連れ戻す大義名分をセンターに与えかねないからな」

これは久慈原や世良たちが話しあって出した結論だという。穂邑に意識があってもそう頼んでいただろうから、ありがたい決定だった。警察が動けば騒ぎたいだけのメディアも出て来て、穂邑は静かに暮らしていけなくなるだろう。

「あの、わかりましたから、離してください。いつまでこんな格好でいるつもりですか」

「朝まで」

「な……なに、言って……」

目が本気なのを悟って穂邑はうろたえた。

ブラインドの向こうはようやく薄暗くなりつつあるところで、意識を失ってからせいぜい三時間くらいしかたっていないことがわかる。いくら休日だとはいえ、昼間からこんな体勢で話していることに、ひどくいたたまれなさを感じてきた。

「久慈原先生に、無事を伝えないと」

「明日でいい」

「やっ……う、んんっ……」

耳を舐めると同時に乳首をつまみ上げられて、びくっと身体が跳ね上がる。意識がないうちにさんざんいじられたのか、少し触られただけでも声が抑えられない。

いじられるたびに後ろがきつく締まり、飲み込んだままの風間を刺激することにもなってしまう。

「治療が成功したことは、後で伝えておく」

「だったら、もう……必要、ないでしょう……っ……」

すでに風間は内包する力をすべて穂邑にそそいでいる。こうして粘膜同士が接触していても、力の流れはまったく感じないのだから間違いない。

両腕を突っぱねて風間を引きはがそうとしていたら、ふうと溜め息が聞こえた。

「必要かどうかなんて、どうでもいい。俺が抱きたいだけだ」

「そんなに溜まってたんですか……？」

「ある意味な。惚《ほ》れた相手を欲しいと思うのは、当然だろ？」

「え……っぁん……」

さらりと言ってから、風間は急に穂邑から身体を離した。引き出されていくときに内壁が擦られて、それだけでも声が出てしまう。

風間はすぐにまた覆い被さってきて胸に顔を埋《うず》め、指で触らなかったほうの乳首を口に含んだ。

「あっ、待って……っぁ……ん」

あまりにもさらっと告げられた言葉に、穂邑の頭は停止に近い状態だった。そうこうしているうちに弱いところを愛撫され、問いかける代わりに甘い声で鳴きながら、びくびくと震え続けるはめになった。

ぺろりと胸を舐め、乱暴なくらいにしゃぶった後、ふいに顔を上げて風間は言った。

「俺は自分の気持ちにもう納得してるし、おまえをどうするかも決めてる」

「どうする……って……いや、あの……さっき言ったことは……どういう意味、ですか？」

「どれだ」

「……惚れた相手……と、言いませんでした……？」

「言ったが？」

それがどうした、とばかりの目を向けられて、穂邑は言葉に詰まった。なおも問いを向けようとし、うまく質問にならなくて口をつぐむということを繰り返していたら、見かねたのか焦《じ》れたのか、風間は穂邑の顔を手で挟み込み、視線をあわせた。

「意味なんて決まってるだろうが。愛してると言ったほうが、わかりやすいか？」

ざわりと肌が粟立《あわだ》つのがわかる。穂邑は目を瞠り、大真面目な顔をした風間を、言葉もなく見つめた。

「やっかいな感情だ。自分じゃどうにもならないんだよ。かなり前からおまえのことで頭がいっぱいで、誰彼なく嫉妬してた。世良を頼ろうとしてるのも、久慈原先生に口説かれてるのも苛ついた。眠ってるおまえにキスもした。おまえが誘ってるなんて言いがかりみたいなことを言ってでも、欲しくてしょうがなかった」

「でも……」

独占欲と愛はイコールで結ばれるものではない。そう言おうとしたのだが、風間は畳みかけるように続けた。

「おまえを自分のものにしたい。誰にも渡したくない。だが身体だけじゃだめだってのも、よくわかった。身体も心も、おまえの全部を手に入れないと、俺は満足できないらしい」

絡みつくような告白に、穂邑は囚《とら》われていく。それは穂邑が求め続け、けれどもとうに諦めていたものだ。

歓喜に胸が震えた。

「だから、俺のものにすると決めた。拒否は聞かないから、そのつもりでいろ」

「なんですか、それ……」

思わず笑ってしまった。

もちろん穂邑には拒否する気などないが、最初から聞く気がないとはどれだけ横暴なのだろうか。

「おまえも俺に惚れてるはずだ。なにか問題があるのか？」

「……ないですけど、いつからわかってたんですか」

「いまわかった。わりと顔に出るタイプなんだな」

「あ、あなたにだけは言われたくありませんっ」

どうやら告白を聞いているあいだの顔は、見るも恥ずかしいものだったらしい。顔は固定されたままなので、目だけそらしてはみたものの、赤くなった状態ではあまり意味がないだろう。

「おまえは俺の恋人、ってことで、いいな？　セフレじゃないぞ、パートナーだ。いっそ結婚しようか？」

「突っ走りすぎです」

法律上は可能だが、いきなりそこまでいくかという驚きが先に立つ。冗談でこんなことを言う男ではないだけに、言ってもらえたのは嬉しかったけれども。

「恋人なのはいいんだな？」

「は……はい」

震えそうになるほど嬉しくて、甘い幸福感で満たされているのに、これは夢なんじゃないかという不安もある。胸のうちはひどく複雑だった。

だがこれだけは、穂邑の言葉で伝えておかなければと思った。

「わたしも、あなたのことが好きです。こんなふうに誰かを好きになったのは、初めてなんです」

目をうるませて告白すると、返事の代わりに噛みつくようなキスをされた。

差し込まれる舌先が、引きかけていた官能の波をふたたび呼び覚まし、舌が立てる湿った音だけが、耳に大きく響いてきた。

口角から飲み下せなかった唾液《だえき》がこぼれ落ち、それを追って風間の舌が喉まで伝い下りていった。

薄くなった先日の痕に色を重ね、その上でなにもない場所にも所有の印を残していく。

そして感じるところを見つけては、執拗にそこを攻めた。まるで穂邑が喘ぐのが、楽しくて仕方ないとでもいうように。

「はっ、ぁ……あ、あん……ん……っ」

舌先で胸の尖りを舐められ、円を描くように周囲をなぞられると、下腹の奥がきゅうっとせつなく疼《うず》いて仕方なかった。

そこが風間を欲しがっている。いや身体だけでなく、心も彼を欲していた。快楽を得るためだけの行為ではなく、恋人として繋がりたくてたまらなかった。

「ぁ、あっ……」

ぐちゅりと湿った音を立てながら、指が穂邑のなかで動きまわる。胸と後ろを同時にいじられるのは泣きそうなほど気持ちがいい。

すでに一度繋がったのだから、これは慣らすための行為ではない。いまだって風間が放ったものが、指によってあふれかけているところだ。

いやらしい音が、羞恥と同時に快楽をも煽り立てた。

「あっ、もう……入れて……っ」

「俺が欲しいか?」

指でかきまわされるまま、穂邑はがくがくと何度も頷いた。

「欲し、い……」

「俺もだ」

風間は満足そうにそう言うと一気に指を引き抜き、穂邑の胸に膝がつくほど深く身体を折った。そうして自分で脚を抱えているように手を導いた。

「扇情的な格好だな」

「ん……っ、ぁ……あ、あっ……」

じりじりと進入してくるものに、濡れた声がもれる。痛みはまったくなく、あるのは快感と充足感だった。

好きになった人が、同じ気持ちを抱いて、こうして自分を抱く。穂邑にはそれが奇跡のように感じられる。

二度目だから余裕があるのか、まるで焦らすように入ってきた風間は、すぐには動かずに長い指で髪を撫でた。

そういえば彼はなにかと髪を触る。たんなる癖なのか、あるいはひそかにこの髪が気に入っているのだろうか。

目を開けてぼんやりと風間を見つめると、思いがけず柔らかな笑みを向けられた。

とくんと胸が高鳴り、一気に体温まで上がった気がした。

「おまえを可愛い……なんて、思うとはな」

「か……可愛く、は……ないでしょう……いくらなんでも……」

話しながらも、身体のなかで脈打つものが穂邑の思考を散漫にさせる。一つになるとか繋がるとか、いままでは考えたこともなかった言葉が自然と浮かんでくる。

セックスなんて入れて出すだけだと思っていた。そうじゃないと、いまこうして繋がった身体が教えてくれていた。

「案外そうでもない」

「ふっ、ぁ……も、そこは、いい……からっ……」

やわやわと胸をいじる指に、後ろの疼きがひどくなる。何度か締め付けても動かないことに焦れ、穂邑は風間の胸板へと手を伸ばした。

「もう、動いて……あなたが、欲しい……」

指を這わせながら見つめて囁くと、ぴくりと風間の表情が動いた。

「煽るな、馬鹿が」

「ぁあ……っ」

突き上げられ、穂邑は声を上げてのけぞった。

さっきまでの余裕はなんだったのかと思うほどがつがつと穿たれ、激しさに身悶えながら風間の背中にしがみつく。

だがこれは穂邑が望んだことでもある。奥まで突いて、かきまわして、理性もなにもかもなくなるほどに犯して欲しかった。

浅ましい欲望を、風間に対してだけ抱いてしまう。もっと、と願ってしまう。

「あんっ、い……い……そこ、ああ……いい……っ」

「ここ、だろ?」

「っ……!」

知っているとばかりに抉られて、声にならない悲鳴が上がる。

その後はもう泣き声まじりに喘ぐことしかできなかった。指の先まで快感に支配されて、なにをされてもよくて仕方なかった。

腰をつかまれて、なかをひどくかきまわされた。

「いけよ、律《りつ》……」

掠れた声が甘く響いた直後に、深く結合したままでさらにぐっと腰を打ち付けられる。

「やっ……ぁああっ……!」

来る、と思ったときには、全身を衝撃が貫いていた。

穂邑は弓なりに背をしならせ、風間に強く抱きしめられて、その腕のなかでびくびくと痙攣した。

耳元で囁くようにもう一度名前を呼ばれ、せつないような甘いような、自分でもよくわからない感情が広がっていく。

味わったことのないこの充足感を、人は幸せと呼ぶのかもしれない。

「ん……」

どのくらい意識が飛んでいたものか、気がついたときには繋がりは解かれていて、抱きしめられる形でベッドに入っていた。

それほど時間はたっていないのだろう。まだ身体がひどく熱を帯びていたし、身体のなかに出されたものも、そのままだった。

「律、起きたのか」

「え……あ……」

「どうした?」

耳元でしゃべるから息がかかってまた妙な気分になりそうだったが、それをこらえて穂邑は少しだけ顔を上げた。

「さ……さっきも、律って……言いました?」

いまが初めてではなかったはずだ。記憶をたどってそう確信した。

「ああ」

「なんだか……少し照れくさいですね」

「そうか？　ああ、おまえも俺のことは名前で呼べよ」

どうしてこんなことまで命令口調で、甘さの欠片《かけら》もないんだろうと笑いたくなったが、風間らしさに安心したのも確かだった。

甘い雰囲気と言葉があまりに激しかったら、きっと逃げ出したくなるだろうから。

ふわりと微笑んで、穂邑は風間の手に自分のそれを重ねる。指を絡めたいなんて思ったのは初めてだった。

「……浩史郎？」

「わりといいな」

素直に喜べばいいのに、この男は素直じゃない。

そんなところも愛《いと》しいと思ってしまえるのだから、これも惚れた欲目というものなのだろう。

そんなことを考えていたら、ぱくりと耳朶《じだ》を口に含まれた。

「ちょ……あ……ぅ、んっ……」

舌先でくすぐるように愛撫され、同時に腰を撫でていた手が下肢をいじり始める。後ろに指を入れられ、穂邑は身をくねらせてよがり声を上げた。

「いくとき、浩史郎って言え」

「ばっ……」

まさかそのためだけに、またこんなことをしているのだろうか。

あり得ないと思い、風間ならばやりそうだとも思う。この男は融通がきかなかったり真面目だったりするくせに、性に関してはその限りではないのだ。ベッドではたちの悪い獣と化す、厄介《やっかい》な男だ。

それもまた悪くないと思っているあたり、穂邑の病はきっとどんなヒーラーでも治せないのだろう。


軽くつまめる何種類かの料理を前にして、穂邑は深く溜め息をついた。

「どうしてベッドの上に広げるんですか」

サンドイッチを差し出され、仕方なく受け取って食べてはみたものの、こんな場所でものを食べるという行為にそもそも抵抗があって、すんなりとは喉を通っていかなかった。

しかも裸で。

「あっちまで行くのはつらいだろ?」

「だからって……」

「どうせ食ったら続きをするし」

「しませんよ。いい加減にしてください」

ぴしゃりと言い切ったところで、風間は聞く耳を持たないだろう。

非常にわかりにくいが、彼は昨夜からとてつもなくテンションが高い状態だった。気持ちを自覚して告白して、穂邑の返事を得て恋人になった……ということで、暴走気味に盛り上がっている。顔にも言葉にも出ない代わりに、性衝動というものに出ているのだ。

おかげで昨日の夕方から、セックスしては眠り、起きては食べ、またセックスをする、といったことを繰り返している。

「恋人同士の休日の過ごし方なんて、こんなものだろう」

「いや、違うと思いますけど」

閉じこもって昼も夜もなく絡み合っているのは、一般的な過ごし方ではないはずだ。世間をあまり知らない穂邑でも断言できる。

「まさか休みのたびにこんなことするつもりじゃないでしょうね」

「気分次第だろ」

「そうですか」

少し乾いてしまったパンを口に放り込み、水で流し込んでいる風間は、けっして食事を楽しんでいるわけではない。腹が空《す》いたから食べているだけだろう。

このサンドイッチは気を利かせた久慈原が届けてくれたものらしい。穂邑は直接会っていないのでわからないが、風間がそう言っていた。

「……まったく平気なんですね」

「なにがだ」

空になった皿をナイトテーブルに置き、風間は穂邑の手にペットボトルを押しつけてきた。

「自分がチャージャーだってことです」

そのあたりについて、まだ話してはいなかったのだ。昨日からずっと二人きりだったのだから、いくらでも時間はあったはずなのに、なかなか機会を与えてもらえなかったからだ。

少し考えて、風間は言った。

「特にショックってこともなかったな。一ヵ月前だったら、カウンセラーの世話になっていたかもしれないが……」

「ショックを受けていたように見えたんですけど」

「驚いてはいたが、それだけだ。得体の知れない能力があると言われたところで、俺自身はなにも変わらなかったしな。というか、もともとあったんだから当然か。まぁ少し、考えすぎて飽和状態だったかもしれないが……」

「なにを考えていたんですか？」

それなりに深刻に考えた上で折り合いをつけたのだろうと、思わずペットボトルを握りしめた。

薄いボトルがかすかにへこむ音を聞いて、風間はすかさずそれを取り上げた。飲まないなら置けということらしい。

「チャージャーだと言われてまず思ったのは、おまえがほかの男の……チャージャーの存在をごまかそうと思って俺だって言ったんじゃないか、ってことだったな」

「なんですか、その捻《ひね》くれた発想は……！」

「久慈原先生を疑ってたんだ。自分じゃ確かめようもないしな。で、本当に俺なら、好都合だと思った」

「はい？」

「大義名分と言うか、俺がチャージャーなら、ヒーラーであるおまえの『対』になれるかもしれないだろ？　俺が必要だろうって、押しつけることも可能だしな」

「だから力のために寝たりはしません」

「それは聞いた。俺も抱きたいから抱くだけだ。たぶんおまえはそのうち世良クラスのヒーラーになると思うぞ」

それは予想と言うより予定らしい。昨夜からの風間の言動から考えると、確かにそれ以外にはないだろう。

「ぅわっ……」

ふいに手を引っ張られ、穂邑は風間の腕に飛び込むことになった。痛みなどはないが、かなり驚かされた。

文句を言おうと開いた口はキスで塞がれ、身体は膝に乗せられた。大きく脚を開いて跨《また》ぐ格好だ。

ぷっくりと尖ったままの乳首を触られると、腰まで疼くような快感が走る。指先で腰骨のあたりを撫でられるだけでも、びくんと跳ね上がってしまう。

恨めしいほどに、どこもかしこも敏感になってしまっていた。

「ますます感度がよくなってるな」

「もう無理です……っ」

「入れなければいいんだろう?」

「そういう問題じゃ……ぁあ、だめ……っ、や……」

愛撫しかしないようなことを言いながら、結局がまんできなくなって突き入れてくるのは目に見えている。

だが力の入らない身体での抵抗など、風間にはなんの意味もないことだった。

陣中見舞い、と称して泉流たちが来ると聞いたのは、今日の昼過ぎのことだった。穂邑の誘拐未遂から一ヵ月ほどたち、犯人たちへの対応もすんだということで、その報告も兼ねているという。

「世良くんに会うのは久しぶりだな」

院長室で二人を待つあいだ、久慈原はぽつりと呟いた。

以前は頻繁にここを訪れて再生治療を施していたので、よく顔を合わせていたらしいが、最近はそれがないからだ。

意味ありげな目が、穂邑に向けられた。

「今日も助かったよ。君がいてくれなかったら、あの患者さんは亡くなっていたところだ」

「……お役に立ててなによりでした」

まっすぐ見つめ返すこともできず、穂邑は自分の前にあるコーヒーカップを見つめていた。

今日も昨日も、穂邑は治療を行った。そしてきっと明日も、治療が出来ることだろう。

気分はとても複雑だった。多くの患者を救えることは喜ばしい限りだが、その分だけ穂邑が抱かれていると知られるのはいたたまれない。

気にするな、慣れろ……と心のなかで唱えていると、久慈原はそんな穂邑を眺めて大きく頷いた。

「雰囲気が柔らかくなったね。うちへ来た当初とは、ずいぶんと変わった」

「そうですか……?」

自分ではまったくわからないが、悪い変化ではなさそうなので、とりあえず頷いておいた。

「うん。近寄りがたい感じがなくなった。でも別の心配が増えたかなぁ……ねぇ、風間先生」

「……ええ」

ムスッとしながらも風間は肯定し、いかにも理解していない様子の穂邑を、舌打ちしそうな顔で見た。知らない人が見たら、穂邑を忌々しげに見たと勘違いしたことだろう。

久慈原はにっこり笑って穂邑に視線を戻した。

「最近、よく話しかけられるんだって?」

「あ、はい」

「ナンパは?」

「……まぁ、ときどき」

話しかけてくるのは男女同じくらいか、女性のほうが多いくらいだが、誘いの言葉を口にするのはほとんどが同性だった。ただスタッフのあいだでは風間との関係が知られているので、割り込んでこようという者はいない。

先日、穂邑は風間の部屋へと移ったのだ。寮の空き部屋に移って、わずか一週間後のことだった。

とにかく心配でたまらなかったらしい。ほかの男に夜這いをかけられるんじゃないか、一人のときを狙《ねら》って誰かが口説きに来るんじゃないか、と悶々《もんもん》とした挙げ句、穂邑の部屋で寝泊まりするようになったので、ならば二部屋もいらないだろうと、条件のいい風間の部屋に移ったわけだ。

単身用の部屋は少し広めとはいえワンルームで、二人で住んでいる者はほかにいない。おかげで院内ではかなり話題になったらしい。

「患者さんも？　それともお見舞いの人かな」

「それは滅多にないです。多いのは、メーカーの方とか……」

「ああ……なるほど」

製薬会社や医療機器メーカーの社員のなかには、結構熱心に口説いてくる者がいる。恋人がいると断っても、なかなか諦めてはくれないのだ。風間が過剰に反応するので、本当に困っているのだが。

「同棲にまで持ち込んで、まわりを牽制してるのに、外部の人にはあんまり効果がなかったようだね」

「勘違い男の頭の中身までは、どうこうできませんので」

「どこの誰？」

興味津々の久慈原に、風間は社名と氏名を告げた。

「ああ、彼はそうだね。少し自信過剰なところはあるかもしれないな。優秀な人だし、見た目もなかなかだしね」

他人《ひと》ごとの久慈原は実に楽しげだが、被害を受ける穂邑には気が重いことだった。単純に鬱陶しいというのもあるし、風間が不機嫌になるのも面倒くさいのだ。

「……以前から伺いたかったんですが、先生はなにをお考えですか」

風間の低い声には相変わらずの不機嫌さがひそんでいたが、問われた久慈原は楽しそうな様子のままだ。風間のこんな態度さえおもしろがっているのだろう。

「いろいろだよ」

「答えになっておりませんが」

「複雑なんだよ、いろいろとね」

「では訊き方を変えます。律のことをどう思っておいでですか。以前、口説くようなことをしていましたね。あれはどこまで本気ですか？」

「おや、いつの間にか名前で呼んでいるんだね」

「そこは反応しなくて結構です。質問に答えてください」

久慈原と話しているというのに、風間はすっかり地が出ている。言葉遣いだけは保っているものの、口調が攻撃的だから台無しだった。

「そうだな……まず前提として、君に……浩史郎に幸せになってもらいたいというのはあったよ。だからアドバイスもしたし、背中も押した」

いつの話だろうと考え、チャージャーだと教えた日のことだと察した。

風間は翌日の昼過ぎには感情に折り合いをつけて穂邑に会いに行ったのだ。ところが部屋にいなかったので、あちこち探しまわって駐車場にたどり着いた、ということらしい。休日のあいだに聞いた話を繋ぎあわせるとそういうことになる。

「あの、アドバイスというのは……？」

「たいしたことじゃないよ。自分の気持ちを真っ向から見据えろ……とね。言い訳もごまかしもしないで、ちゃんと向き合って結論が出たら、穂邑くんに会ってもいい……とも言ったかな」

「え？」

「実はね、あの週明けに君を一時病理科から外すつもりだったんだよ。それで、しばらくわたしの秘書をやってもらおうかな、と予定していたんだ」

結局のところ、風間が一日もたたないうちに自覚して覚悟を決めたので、無効になったわけだ。

風間は苦々しい顔をしていた。

「ま、浩史郎が煮え切らないなら、それはそれでいいかな……とも思っていたけどね」

「それはどういう……」

「君は非常に魅力的だということだよ」

ガタンと音がして、風間が立ち上がった。久慈原を見下ろす顔は、とてもじゃないが尊敬する義兄に向けるものではなかった。

彼の久慈原への認識や態度は、思わぬことで変わってしまった。感謝も忠誠心もあるようだが、服従はしないつもりらしい。

悪い変化じゃないと久慈原は笑っていたが。

「穂邑くんのことになると、どうも冷静さを失うね」

「煽るようなことをおっしゃるからです」

「悠長にかまえていると、大事な恋人が攫《さら》われてしまうよ……という忠告だ。お、来たようだね」

久慈原の意識が来客に向かったことで話は強制的に終わってしまった。風間はもっと追及したかったようだが、この場は諦めたようだった。

「こんにちは」

いつもの通りの明るい笑顔で泉流は現れた。その後ろに続く世良も、なんら変わったところはない。

「久しぶりだね」

「俺の出る幕じゃないですからね」

意味ありげな目をしていたが、穂邑はそ知らぬ振りでコーヒーの用意をした。とは言ってもサーバーにあったコーヒーをカップにそそぐだけだ。

「今日は報告だね？」

「ええ。穂邑を拉致《らち》しようとした連中が割れまして」

渡された報告書によれば、全員がとあるヒーラー組織に属する者たちだった。いずれも能力者ではないようだ。

先の決定通り、警察沙汰にするつもりはないので、今回は組織を特定したことを知らせた上で、釘を刺すだけにとどめたという。ようするに脅したわけだ。

「もちろん監視は続ける」

「お願いします」

真面目な話をする世良の隣で、泉流はさっきからずっと、穴が空くかと思うほど穂邑を見つめている。なにか言いたそうに見えて仕方なかった。

世良はちらりと泉流を見てから、にやりと笑って穂邑に言った。

「そういや、毎日のように治療ができるそうだな。しかも俺と同レベルだって？」

「……推定ですが」

量ったわけではないが、同等の治療を難なくこなせるのだから、遜色《そんしょく》ないレベルと言ってもいいだろう。

一ヵ月前の風間の言葉が現実のものになったのだ。

ふーんと鼻を鳴らし、世良はうんうんと頷いた。

「ま、一ヵ月毎日やってりゃ、そうなるか」

「毎日じゃありません……！」

あくまで「毎日のように」だ。ささやかな違いにこだわりたくて、すかさず訂正を入れたが、世良は鼻で笑い飛ばした。

「同じだろ」

「違いますよ」

「と言ってるが？」

穂邑では埒が明かないと判断し、世良の問いは風間に向かった。羞恥の強い穂邑よりも、恋人自慢をしそうな風間に狙いを定めたのだ。

「ほぼ毎日ですね」

「だよなぁ？　やっぱあれか、毎回きっちりセックスしてるわけか」

「チャージャーとして抱いてるわけじゃないんで。補充だけなら律がフェラすればいいんでしょうが、効率は求めてませんからね」

しれっと言い放つ風間は、あくまで涼しい顔だ。メガネをかけてインテリくさい雰囲気を放っているせいか、見た目と発言内容がまったくマッチしていない。

「ああ、それはわかるな。チャージ自体は、一回いけば終わるんだしな」

「力の受け渡しは、ついでですよ。そんなものがなくても俺は律を何回だって抱く」

能力は違えど立場は同じだからか、彼らのあいだには通ずるものがあるらしい。同様に穂邑と泉流にも、彼らにしかわからないことがあった。

目があうと、泉流もなんとなく気まずそうにしていた。互いのきわめてプライベートな部分が勝手に暴露されたようなものなので当然だろう。

「なんていうか……風間先生って見かけと違ってムッツリスケベ……？」

「世良さんはいかにもですよね」

「……うん」

ぼそぼそと話していると、ふいに世良が携帯端末を取り出した。本人にしかわからなかったようだが着信があったらしい。

断りを入れてから開いた彼は、小さく頷いて言った。

「ヒーラーの資格制についての議題が、国会に提出されたようです」

「ようやくスタート地点に立ったわけか」

「長期戦になりそうですね」

穂邑も話に入っていき、今後のことについての情報と予測、そして意見を交わしあった。

制度が整うまでは、まだ相当な時間がかかるだろう、ということだった。慎重論は根強いし、細かな調整にも時間が必要となるからだ。

「国が認可した病院に組み込むってのが有力だな。それである程度の健全化は図れると考えるらしい」

「もぐりに関しては、厳罰化ですか？」

「そこはいろいろと意見がわかれてる。金儲《もう》けや犯罪組織絡みの場合は問答無用だが、いまの俺みたいな無償治療の場合はどうするか、とかな」

「有料か無料かでも揉めそうですよね。一応、センターはいままで無料ということだったわけですし……」

「ああ、有料だとしたら相場を決めたほうがいいだろうしね」

いろいろと問題はあるが、まずは資格制度の確立が先ということでは見解が一致した。

話しているのはほぼ三人だった。泉流は頷きつつも黙って聞いているし、風間は興味がないのかおもしろくなさそうな顔をしていた。

その風間が動いたのは、穂邑が話に夢中になって、身体ごと久慈原のほうへ向いた瞬間だった。

「えっ……」

いきなり手をつかまれて、引っ張られるままに穂邑はバランスを崩した。傾《かし》いだ上体を風間は抱き留め、腰にしっかりと腕をまわした。

泉流を初めとする三人は、唖然としてこちらを見ていた。

「な……なにするんですか」

客と雇用主の前で一体なんの真似だと睨み付け、手を離させようともがくが、それ以上の力で拘束された。

三人の視線が痛かった。誰一人として冷たい目はしておらず、むしろ微笑ましげだったり楽しげであったりだが、穂邑はいたたまれなかった。

風間がなにを思ってこんなことをしたのかは理解しているつもりだ。恋人として付き合うようになって一ヵ月で、否応なしにわかるようになってしまった。

この男は子供みたいに拗《す》ねることがあるのだ。もともと独占欲が激しくて嫉妬深いので、穂邑に近づく男には敵対心が剝《む》き出しなのだが、それとは違う、呆れるほど稚拙で根の浅い悋気《りんき》も起こす。たとえばいまがそうだ。風間の言葉にするなら「ほかの男とばかり話をするな」「俺をかまえ」といったところだろう。

「お見苦しいところを見せてしまって申し訳ありません」

「見苦しいというか……おもしろいかな」

そう言うだろうなと思っていたので、穂邑は苦笑だけ返した。

風間のことをよく知らない泉流や世良はともかく、久慈原からすればこの風間の態度はさぞ興味深いに違いない。風間の開き直った態度すら楽しんでいるのだろう。実はかなり義弟を溺愛《できあい》しているんじゃないかと、最近になって穂邑は思うようになった。

「みんなで食事を……と思っていたんだが、すぐ帰りたそうな男が一人いるねぇ。どうしようかな」

「せっかくですので、ぜひ……」

ご一緒させてください、と続けるはずだった口は大きな手で塞がれ、もごもごと言葉にならない音と化してしまった。

「せっかくですが、遠慮させていただきます」

抱えた穂邑ごと立ち上がった風間は、相変わらずの無愛想さで淡々と言い切ると、久慈原の返事も聞かずに穂邑を引きずって退室しようとする。

唖然としている泉流と、呆れている世良、そして笑顔で手を振る久慈原が目に入ったが、穂邑は挨拶もさせてもらえないまま院長室を出るはめになった。この男の馬鹿力に対抗する手段は、いまのところ見つかっていない。

「なんですか、あなたはっ」

「おまえの恋人」

「そういうことじゃなくて、非常識にもほどがあるでしょう！　どうしたんですか本当に。以前よりひどくなってるじゃないですか」

「相手と場くらいは考えてる。だが悪化したというなら、間違いなくおまえのせいだな」

廊下を突き進みながらも風間は手を離さない。穂邑は腕をつかまれたまま腰を抱かれると

いう、完全に捕獲された状態だ。出くわす職員たちがぎょっとしていたり、羨《うらや》ましそうに見ていて、非常に頭が痛かった。

「最悪……」

「おまえでも治療は無理だ、諦めろ」

まったくあらためる気はないと宣言したようなものだ。開き直ったその態度には、苛立ちと呆れと、ほんの少しの愛しさを覚えた。自分でも馬鹿だと思った。

「矯正してみせますよ。最高レベルのヒーラーの、意地にかけても」

「いまのレベルのさらに上でないと、無理そうだな」

そんなものはない、と言いかけて、穂邑は口をつぐんだ。果たしてそうだろうか。いまだに全容が解明されていない能力なのだ。いま以上が存在しないなどと、誰が言えるだろう。

黙り込んだ穂邑に気付き、風間は足を止めた。

鈍いくせに変なところで鋭い男は、にやりと笑って穂邑の腰をさらに引き寄せた。

「限界を超えるためにも、励もうか」

「は？　あっ、馬鹿なにするんですかっ……」

穂邑をひょいと肩に担ぎ、風間は廊下を闊歩《かっぽ》する。

きっと明日には尾ひれがついて院内に噂がまわることだろう。そしてごく一部の人間たちを笑わせるに違いない。

頭だけではなく胃まで痛くなりそうだ。

本当にそうなったら、ほんの少しだけ力を自分のために使おうか。

嬉々《きき》として寮に入っていく風間の背を軽く叩き、穂邑は諦めとともに小さく溜め息をついた。

あとがき

同じ年のカップルを書くことが案外少ないきたざわ尋子です、こんにちは。

そして主人公は、前作ちらっと出て来た穂邑です。もしかしたら予想されていた方もいたのではないでしょうか。

実は前作のプロットの段階で、キャラクターの欄に風間もおりました。が、もちろん登場シーンはなく、説明欄には「次回攻め要員」みたいなことを書いておいたわけです。名前と立場だけは決まっていた風間ですが、性格は当初の予定とは大幅に変わりました。クールなインテリ系の予定だったんです。なのになぜかああなった（笑）。おかしいな、いかにもというインテリメガネの予定だったのに。

ケンカップルというほどではないですが、お互いに言いたいことを言い、大抵は風間がやり込められて、口では敵わないので実力行使……というパターンになっていくのではないかと思われます。

終始病院（の建物のなか）が舞台だというのに、けっして医療系ストーリーではないのが不思議。登場人物の半分以上は医者なのに（笑）。

ところで手先が不器用なせいで外科を諦めて別の方面の医者になった……というのは、知人の実話です。病理科医ではありませんが。

知人というか、幼なじみというか……まぁ、親の友達の子供ですね。

そんな彼に関する思い出といえば、わたしの目の前で土手から転がり落ちていき、U字溝にぶつかって頭をパックリと割り、だらだらと血を流しながら「俺、死ぬかもしれない……」と呟いたことくらいしか残っていない。それが強烈すぎて、ほかのすべての記憶が飛んだ気がする。小学生のときでした。

どんどん昔の記憶はストックが少なくなっていくわけですが、残っているのはやはりインパクトがあったことのようです。

ちなみに利き手の親指を包丁で切った件も実話ですが、別口。


今年もバジルの水耕栽培を始めましたが、まだようやく芽が出始めたところです。昨年収穫した種を使ってます。去年は買った種がほぼ一〇〇パーセント発芽した結果、窓際がバジルジャングルになったので、今年は様子を見ながら時間差で仕込んでます。発芽したら、全部大きくしたいんだい。間引きしたくないんだい。

あまった種は、水に浸してタピオカみたいなぷちぷちにして、ヨーグルトかなんかにぶちこんで食べてしまおうかと思ってます。発芽率は年を越すごとに下がっていくものだし、今年もまた採れるはずだし。せっかく収穫したものは無駄にはせん。

去年は収穫したバジルをそのまま食べたりドライバジルにしたりペーストにしたり、夏中バジル食べてました。とても食べきれないので、人にあげたりしてましたが、今年はどの程度の本数にするか迷う……。

きっと夏には、バジル臭が充満する部屋になっていることでしょう。

バジル以外にも育てようかと思っているところですが、ミントは匂いは好きなものの味としては刺激が苦手なのでどうしようかと。タイ料理に使うホーリーバジルなんかも興味あるんですが、どこに売っているんだろう……？

いずれにしても食べることが前提なので、いっそミニトマトとかに行っちゃったほうがいいのかもしれない。あ、パクチーもいいな。

最近、急にタイやベトナム料理にはまってしまいまして。相変わらず辛いものは苦手なんですけど（わさびやマスタードなどの揮発性の辛味は平気）、以前よりは少し慣れたような気がします。でも基本、辛くない料理とか、少しだけ辛いくらいのものしかチャレンジしないです。グリーンカレーは厳しかった……。

我ながらどうして花を育てようという気持ちにならないんだろうか。花は好きなんですが、どうにも最初から諦めちゃってるところがあるんですよね。やはり過去の数々の失敗のせいか……。

あ、ちなみに観葉植物は以前と変わりなくあります。普通に土とかハイドロボールとかで、それなりに元気に。

ポトスってなんであんなに丈夫でしょうね。いま私の部屋にあるポトスって、たぶん二十年以上前に友達が挿し芽してくれたやつですよ。かなりいい加減な世話をしているので、何度も危機に瀕し、減ったり（ようするに部分的に枯れたり）増えたりを繰り返しつつ、まだあるという……。すばらしい生命力。

などと園芸や食べものの話を延々と続けているうちに、そろそろ終わりが見えてきました。ここまでお付き合いくださいまして、ありがとうございました。

そして夏珂先生、前回に引き続きありがとうございました。美しくも格好いいカバーイラストを、うっとりと見つめております。細かいところまで本当にきれい……。タイトルが入る前のデータをいただいたので、イラストオンリーで堪能できて幸せです。

ではまた次回、なにかでお会いいたしましょう。

きたざわ尋子

✦初出　愛で満たして鎖をつけて……………書き下ろし

きたざわ尋子先生、夏珂先生へのお便り、本作品に関するご意見、ご感想などは
〒151-0051 東京都渋谷区千駄ヶ谷 4-9-7
幻冬舎コミックス　ルチル文庫「愛で満たして鎖をつけて」係まで。

RB 幻冬舎ルチル文庫

愛で満たして鎖をつけて

2013年6月20日　　第1刷発行

✦著者　きたざわ尋子　きたざわ じんこ

✦発行人　伊藤嘉彦

✦発行元　株式会社 幻冬舎コミックス
〒151-0051 東京都渋谷区千駄ヶ谷 4-9-7
電話 03(5411)6431[編集]

✦発売元　株式会社 幻冬舎
〒151-0051 東京都渋谷区千駄ヶ谷 4-9-7
電話 03(5411)6222[営業]
振替 00120-8-767643

✦印刷・製本所　中央精版印刷株式会社

✦検印廃止

ISBN978-4-344-82866-7　C0193　Printed in Japan

政府管理下にある治癒能力者《ヒーラー》。彼らの力は無尽蔵でなく、使えば自然回復を待つしかない――実在が疑われるほどの希少な能力供給者《チャージャー》と接触し受け取る以外は。そんなチャージャーの力を、十八歳の泉流は有していた。箱庭めいた研究センターで安穏と暮らす泉流だが、精悍な面差しをしたもぐりのヒーラー・世良に攫われ、あらゆる「接触」を試されて……!?
きたざわ尋子
[はじまりの熱を憶えてる]
夏珂 イラスト
580円（本体価格552円）

『また君を好きになる』
きたざわ尋子
友原真幸が、傲慢さえも魅力にしていた先輩・嘉威雅将に告白したのは、十五歳の時。お試し感覚でつきあい始めた嘉威は真幸の一途さに甘え、別れてはよりを戻してをくりかえす。嘉威を恋うあまり受け入れてきた真幸だが、ついに決定的な破局が訪れ——。しかし、五年ののち真幸の前に現れた嘉威に、かつてのような不実の面影は微塵もなくて……？
イラスト
鈴倉温
560円（本体価格533円）

「幻冬舎ルチル文庫」

大好評発売中

発行●幻冬舎コミックス　発売●幻冬舎